LES POISONS DE VERSAILLES

LA VENGEANCE DES TRABUCAIRES

COURANTS NOIRS

Une collection dirigée par Thierry LEFÈVRE

Dans la même collection

Illustration de couverture : Aurélien POLICE

http://courantsnoirs.blogspot.com

© Gulf Stream Éditeur, Saint-Herblain, 2011
ISBN : 978-2-35488-136-8
Loi 49-956 du 16 juillet 1949 sur les publications destinées à la jeunesse

COURANTS NOIRS

Guillemette Resplandy-Taï

LES POISONS
DE VERSAILLES

LA VENGEANCE DES TRABUCAIRES

Ville de **joué** lès Tours

Gulf Stream Éditeur

À Joan de Casademont,
le plus courageux des trabucaires.

CHAPITRE 1

Novembre 1672, parc du château de Versailles

Un halo glacé enveloppe la petite troupe qui s'achemine à travers le parc, et les visiteurs qui s'approchent, soudés en un seul bloc pour mieux se protéger des morsures de la bise, ressemblent à des pantins maladroits à la démarche titubante.

La plaine de Versailles est exposée à tout vent, et ceux que l'on aperçoit au loin, qui viennent tout juste de quitter le confort de leurs carrosses spécialement affrétés pour parcourir les quelques lieues qui séparent le château de Saint-Germain-en-Laye de celui de Versailles, sont encore tout étourdis par cette froidure qui transperce leurs chaudes pelisses à cols de fourrure.

Après les pluies violentes de la nuit, le sol est encore détrempé. Le pâle soleil qui tarde à se lever ne suffit pas à réchauffer l'air ambiant, et les ornières du chemin et les flaques de boue gelée forment un obstacle de plus à leur avancée.

C'est Sa Majesté Louis XIV en personne qui a été annoncée. Le roi tient à inspecter le gigantesque chantier entrepris pour transformer le modeste pavillon de chasse que feu son père, Louis XIII, avait choisi de bâtir à quelques lieues de Paris, en un somptueux château qui fait déjà pâlir d'envie l'Europe tout entière.

Depuis qu'il a décidé et dûment informé la Cour que « Versailles » serait bientôt sa résidence principale, plus de trente mille ouvriers s'y activent de jour comme de nuit, dans le froid ou sous les plus fortes chaleurs, et s'acharnent dans ce lieu triste, venté, glacé en hiver, étouffant en été, bâti sur le sable mouvant de marécages infestés d'insectes suceurs et piqueurs qui propagent de terribles fièvres.

Il y a quelques jours, au cours d'une soirée de jeux et de musique organisée en son château de Saint-Germain-en-Laye, Hardouin-Mansart, son architecte favori, celui à qui il a confié la lourde charge de mener à bien ces faramineux travaux, lui a présenté les nouveaux plans du palais et de son parc.

– J'admets que j'y engloutis la plus grande partie de mon trésor, se serait vantée Sa Majesté, monsieur Colbert me le reproche assez, mais je compte bien rendre verts de jalousie mes chers cousins d'Espagne, de Prusse et de Hollande sans compter les Anglais, ce qui vaut bien toutes les fortunes du monde. Je le prophétise, on y dansera des bals qui éblouiront le monde et on y signera des traités qui en changeront la face. Il me plairait de vous faire admirer le parc malgré la mauvaise saison, aurait-il poursuivi en s'adressant à la Cour qui partageait servilement son enthousiasme. Je vous y réserve une surprise à la hauteur de ma grandeur.

Je n'étais pas présente lorsqu'il a prononcé ces mots, car retenue auprès de ma maîtresse, la reine, mais ma Suzon me les a rapportés. Mon amie me mimait la scène avec force courbettes, singeant les gentilshommes qui s'extasiaient avec empressement à chaque propos du roi et celui-ci qui se pavanait comme un coq au milieu de son poulailler.

J'aime beaucoup Suzon, c'est bien la seule ici qui arrive à me faire rire et qui ne se moque pas de moi. Elle n'est pas vraiment de mon rang, simple servante de la nouvelle maîtresse du roi, la Montespan[1], en charge de ses petits chiens qu'elle doit nourrir et bichonner, mais j'apprécie sa beauté, sa fraîcheur et sa bonne humeur. Elle ne mérite pas le sort qui lui est réservé.

Je les observe approcher peu à peu.

Le roi ne se déplace pas seul mais en compagnie de sa Cour et entouré, comme il se doit, de sa compagnie de gardes suisses.

La reine, Marie-Thérèse, ma maîtresse, ne s'est pas jointe à cette nouvelle démonstration du prestige de son cher époux car elle sait que le roi lui aurait imposé sa favorite dont il ne peut se passer. Elle ne peut plus souffrir la présence de cette chienne de Montespan qui se fait appeler Athénaïs, et ma maîtresse prétexte toutes sortes de malaises pour éviter de croiser jusqu'à la dentelle de ses jupons. Elle relève d'ailleurs depuis peu de ses couches et son fils, le duc d'Anjou, se porte si mal que l'on craint qu'il ne suive dans le trépas sa grande sœur, Marie-Thérèse de France, « petite madame » ainsi que l'appelait familièrement le roi, décédée il y a quelques mois à tout juste cinq ans. Sa Majesté a l'air de s'accommoder fort bien de cette situation et s'est contentée ce matin d'envoyer prendre de ses nouvelles par son premier valet, Alexandre Bontemps.

[1] Madame de Montespan : Françoise Athénaïs de Rochechouart de Mortemart.

La Montespan est de nouveau lourde d'un bâtard du roi et a souffert toute la nuit de terribles maux d'estomac. Est-ce cette nouvelle grossesse qui l'a ainsi dérangée ou son incommensurable gloutonnerie qui lui sera un jour fatale ?

Suzon est venue me quémander quelques herbes hier au soir. J'ai hésité. La Montespan ne pouvait-elle donc pas s'adresser à ses habituels fournisseurs de poudres, d'onguents et de cataplasmes dont elle use et abuse ? Suzon était si désespérée d'avoir à décevoir sa maîtresse que je n'ai pas pu refuser de lui préparer une infusion de graines d'anis et de feuilles de menthe que j'avais laissées macérer dans l'alcool depuis cet été.

Grâce à cette médication, la Montespan semble maintenant être guérie de ses embarras gastriques et marche, radieuse, à quelques pas du roi, suivie de près par ses suivantes, dont ma Suzon, et délaissant pour une fois sa chaise à porteurs.

Si la reine savait que c'est à moi que sa rivale doit ce triomphe, elle m'arracherait les cheveux !

Peut-être vais-je omettre de lui donner cette précision dans le rapport que je lui ferai à mon retour, car elle m'a fait venir en ce lieu pour que je lui raconte tous les détails de cette promenade.

Elle sait que j'ai de nombreux amis ici, ce qui suffit à justifier ma présence dans le parc et sur le chantier. J'y ai quelques « pays » que j'aime à retrouver et auprès de qui j'essaye de glaner quelques nouvelles de mon frère : savent-ils où il se terre ? Ont-ils eu vent de ses nouveaux projets ? Je sais que le jour où il réapparaîtra, s'il est toujours vivant, mais de cela j'en suis certaine, ce sera parmi eux. J'appréhende ce moment, même si ma joie sera immense de le revoir, car sa vengeance sera alors terrible.

Il y a ici aussi monsieur La Quintinie, le directeur des jardins fruitiers et potagers de toutes les maisons royales, qui me fait l'honneur de partager avec moi ses connaissances en matière de plantes en m'accueillant toujours dans ces lieux avec empressement.

Ils sont tout proches maintenant.

Des gentilshommes des alentours se sont précipités à la nouvelle de la venue du roi et dès l'arrivée des premiers carrosses. Ces diables-là ont profité des terrains gratuits offerts par Sa Majesté pour qu'ils édifient, dans le meilleur goût bien sûr, des résidences face au parc du château. Ils ont ainsi rejoint la ville qui se construit peu à peu et ces imbéciles sont depuis sous la coupe du roi qui les tient par la bourse et les surveille de ses fenêtres. Ils viennent grossir la Cour et ses serviteurs ainsi que les gens de qualité qui accompagnent leur roi dans cette inattendue promenade.

Et puis, un peu plus loin, il y a une foule de quémandeurs de plus en plus nombreuse car tout le monde peut avoir accès au château et y circuler librement, selon une tradition ancestrale que Sa Majesté en personne tient à faire respecter. Si ces pauvres gens ont pu placer auprès du capitaine des gardes une requête écrite, un placet, ils espèrent que le roi daignera les écouter quelques instants. Qu'ils grelottent sous leurs misérables loques, ils en auront l'air encore plus malheureux, c'est qu'il en faut beaucoup pour attendrir Sa Majesté !

Les hommes de La Reynie, le préfet de police du roi, essayent de contrôler ce flot mais très vite chacun se disperse peu à peu et à son gré, se faufilant discrètement dans les allées et les bosquets du parc.

La surprise promise par le monarque est l'œuvre de monsieur Le Nôtre. Ce génie a déjà presque achevé les jardins selon les goûts souverains, mais la nature prend son temps et le roi a eu une exigence invraisemblable : planter une forêt, une vraie, avec des arbres de haute futaie qu'il pourra admirer de son vivant et sans plus attendre.

Le Nôtre en a fait venir de toutes les régions de France : ifs de Normandie, ormes et tilleuls des Flandres et de la forêt de Compiègne, hêtres, chênes et sapins du Dauphiné. Il les a fait choisir forts et droits, des géants.

L'arrivée de ces monstres est prévue aujourd'hui et le roi tient à contempler ce spectacle qui comblera sa grandeur car la performance technique réalisée par les ouvriers est extraordinaire : arracher, transporter puis replanter de si grands spécimens relève du miracle !

L'agitation dans le parc est grande car, malgré le froid qui pince, plusieurs centaines de jardiniers se pressent pour creuser de larges trous qui viendront accueillir les racines déjà bien développées des arbres sélectionnés.

Les hommes déploient des efforts énormes, surhumains. Deux d'entre eux viennent d'être sérieusement blessés par la chute d'une lourde caisse en bois qui a servi à transporter un if presque centenaire arraché à sa forêt. Le chirurgien qui a été mandé tarde à venir et le contremaître à leurs côtés hoche la tête avec désillusion et amertume.

Ce ne sont pas les premières victimes des folies du roi. Celles-ci resteront estropiées à vie car, même si le barbier se hâte, il n'aura d'autre choix que de couper une jambe ou deux pour éviter que la gangrène ne se répande dans tout le corps et que la mort ne survienne dans d'atroces souffrances.

– Bon sang, il faudra qu'il répare, grogne un des ouvriers qui tient la main de son camarade en proie au délire, celui-là va mourir et sa veuve et ses petiots n'auront que leurs yeux pour pleurer. Quant à l'autre, il va repartir dans son pays sans rien si ce n'est une béquille en bois et une sébile pour mendier à la grâce de Dieu.

Le contremaître hausse les épaules d'un geste d'impuissance et intime l'ordre à ses hommes de se taire. Il a raison, le roi ferait plus cas des petits chiens de sa Montespan que de la vie des hommes et des femmes qui se tuent à la tâche pour lui. Un autre ouvrier viendra remplacer celui qui est tombé, le chantier ne sera pas retardé, voilà son seul souci.

Dès que j'en aurai vu assez pour le rapporter à ma maîtresse, la reine, je m'éclipserai. Mais je reviendrai vite et, s'il est encore temps, je ferai boire à ces hommes quelques gouttes de ma thériaque à base de pavot que j'ai jusqu'à présent cachée au fond d'un coffre avec mes autres trésors.

Quant aux autres, c'est un vin aromatisé à la valériane que je leur offrirai. Cela les calmera ! Il n'est pas encore temps de se révolter, et colère et désespoir sont mauvais conseillers.

Pour l'heure, le roi est fort satisfait. Les arbres sont robustes et hauts. Seul Dieu aurait fait mieux. Le parc sera magnifique.

Mais quelle est cette rumeur ? Pour parachever sa promenade, Sa Majesté a décidé de conduire ses gens vers un autre chantier, au sud du château, où l'attend La Quintinie.

Je n'avais pas prévu ce détour qui me retarde et me contrarie. J'aurais cependant pu l'augurer car Sa Majesté apprécie beaucoup La Quintinie à qui il est redevable de lui fournir sa table en fruits et légumes variés quelle que soit la saison.

Celui-ci, soutenu par le roi, a pour projet de construire un nouveau potager dont la taille surpassera celle des jardins de toutes les cours d'Europe. Mais l'emplacement proposé ne lui plaît pas. Le terrain est vaste certes, il lui permettra de faire bâtir ces étranges petites maisons en verre qu'il appelle des « serres » où il compte développer la culture des fruits et des légumes qui craignent le froid et les offrir au roi avant même que les primeurs du sud de la France, d'Espagne ou d'Italie n'arrivent sur sa table, mais cet espace semble peu adapté à l'établissement d'un potager.

Il faudra tout d'abord assécher un marécage, trivialement nommé « étang puant », faire venir des tonnes de terre, monter de hauts murs pour se protéger du vent, et le chantier prendra des mois.

Pourrait-il en être autrement ? Toute la plaine de Versailles est déjà réservée pour les futurs travaux du grand canal et du nouveau Trianon, la maison de campagne où le roi reçoit la Montespan, autant de projets auxquels Sa Majesté tient et qu'elle ne lâchera pas.

La Quintinie se contente de ce qu'on lui a offert et imagine déjà son jardin : au centre, le grand carré, où il réservera trois hectares à la culture des légumes pour la table du roi. Ce grand carré, il le divisera en seize autres de taille plus modeste, disposés autour d'un grand bassin circulaire orné d'un jet d'eau central. Des terrasses, judicieusement exposées et légèrement surélevées compléteront l'ensemble.

Voilà ce que le roi aimerait qu'on lui expose devant la Cour qu'il tient à éblouir une fois de plus.

La foule se déplace alors, mouvant troupeau aussi docile et stupide que les moutons de monsieur Panurge.

Mon ami n'a pas tort : l'endroit est sinistre. Une odeur pestilentielle se dégage des terrains partiellement asséchés. Ces dames protestent en se cachant la bouche de leurs mouchoirs brodés, les hommes se pincent le nez. Le roi a décidément d'étranges lubies !

La Quintinie a déjà fait installer une de ses serres, un modèle de petite taille, une grande cloche en verre.

Il est là justement, agenouillé auprès d'un homme allongé à même la terre, un jeune apprenti jardinier que l'on peut reconnaître à ses vêtements de travail.

Deux autres ouvriers lui prêtent main forte mais se redressent dans un grand salut à l'arrivée du roi.

— Sire, bafouille La Quintinie en se relevant à son tour, vous me trouvez là dans une situation fort désagréable. Cet homme, cet homme, bafouille-t-il, vient d'être retrouvé…

— Mort ? demande le roi d'un ton indifférent et sans aucun état d'âme.

— Oui, Sire.

— Un de vos aides ? Cherchiez-vous à savoir si la quantité d'air renfermée dans ces grandes cloches en verre serait suffisante pour vos plantes, ainsi que vous me l'avez exposé l'autre jour, et avez-vous donc eu l'idée d'y faire allonger dessous un jeune apprenti jardinier ? propose Sa Majesté d'un ton goguenard. C'est lumineux, s'exclame-t-il en direction de la Cour qui applaudit à sa clairvoyance, mais je crains qu'il ne vous faille poursuivre vos expérimentations et modifier votre mécanisme. Peut-être quelque chose de plus volumineux.

— Sire, la cloche, a priori, a été renversée intentionnellement et l'aurait étouffé, précise La Quintinie d'une voix contrite.

— Cet homme a été assassiné, confirme La Reynie

après avoir retourné le jeune jardinier sur le dos, ouvert le col de sa blouse et inspecté sa bouche et ses yeux.

Un hurlement de louve couvre ses derniers mots.

– Blaise ! rugit Suzon en se précipitant vers le corps sans vie du jeune jardinier. Blaise, répète-t-elle en un cri déchirant. Agnès, que vais-je devenir ? Explique-moi ! Qu'as-tu fait ? hurle-t-elle en s'accrochant à mes jupes.

CHAPITRE 2

Que Suzon est sotte parfois et comme la douleur l'égare ! Dans son état, elle devrait se montrer plus prudente et quant à cette affaire, aussi terrible soit-elle, Dieu me garde d'y être mêlée. Je tiens à rester discrète, d'ailleurs je n'ouvre jamais la bouche en public.

Hélas, aux cris de Suzon, la Cour tout entière se retourne vers moi et le roi en personne me toise avec étonnement.

Cela fait déjà plusieurs mois que je suis au service de la reine, mais Sa Majesté ne m'a encore jamais rencontrée. Ainsi le souhaite ma maîtresse. Je sais pourtant qu'elle lui a parlé de moi et de mon art.

Oh ! J'imagine que ma description n'a pas été des plus flatteuses. Je ne suis pas vraiment laide, mais pas non plus au goût de la Cour qui flatte les donzelles aux formes rebondies et à la peau si blanche qu'elle en paraît translucide, du moins tant qu'un épais plâtrage de céruse n'a pas terni sa clarté. Je suis courte, brune comme un pruneau et j'ai tellement couru dans mes montagnes que je suis sèche comme un sarment de vigne après les premières gelées. Un tel portrait serait d'ailleurs la meilleure stratégie de la reine pour me garder à l'écart du roi. Cependant, je suis forte comme toutes les femmes de mon pays, et il ne faut pas se fier à l'épaisseur de mes bras mais à la fierté de mon cœur.

– Qui est cette jeune femme ? Serait-ce cette jeune Catalane pour laquelle la reine semble avoir une grande estime et dont j'ai beaucoup entendu causer bien que je ne sache ce qu'elle fait exactement ? demande le roi à celui qui est venu se placer à ses côtés et en me désignant de sa canne à pommeau doré comme si je n'étais qu'un simple ballot abandonné sur le port de Nantes.

L'homme ainsi interpellé se retourne vers moi pour mieux me dévisager et je tressaille en le reconnaissant. Il porte un signe distinctif qu'on ne peut oublier quand on l'a vu ne serait-ce qu'une fois, ou qu'on vous l'a soigneusement décrit : une large balafre traverse sa joue gauche, une immonde cicatrice qu'il a gagnée au cours du siège de Douai, dans le nord de la France, alors qu'il se battait contre les Hollandais, un stigmate qui n'arrive cependant pas à l'enlaidir tant la bonté et l'intelligence illuminent son visage. C'est le seigneur Le Prestre de Vauban, commissaire général des fortifications du roi.

Voilà un homme dont je ne sais si je peux lui accorder ma confiance ou m'en méfier. Sa réputation d'honnête gentilhomme, soucieux du bien-être de ses troupes dont il tient à économiser le sang, inquiet du sort des paysans qui redoutent les famines et pour lesquels il cherche à mettre au point des procédés qui les en protègeront, me rassure. Mais mon frère m'a bien avertie, c'est aussi un cerveau bouillonnant qui s'intéresse de très près aux bastions qui verrouillent les Pyrénées et protègent les nouvelles frontières du roi de France. Si jamais il m'identifie, il m'interrogera sur ce point, je le pressens, et cela je veux l'éviter à tout prix.

— Sire, il se pourrait fort bien que mademoiselle soit la jeune fille dont votre épouse s'est entichée récemment, acquiesce Vauban en m'adressant un sourire qui se voudrait rassurant. J'en ai également entendu parler et il m'intéresserait qu'elle me soit présentée. Je pense que nous aurons bientôt l'occasion d'en recauser, ajoute-t-il d'un ton ironique qui me glace le sang.

Je sais toujours rester maîtresse de mes sentiments et de mes actes. Je me contente de lui répondre, ainsi qu'à Sa Majesté, par une profonde et respectueuse révérence mais je n'ajoute pas un seul mot.

Me présenter à lui ? Oserai-je lui dire tout ce que j'ai sur le cœur ?

Que je me prénomme Agnès et que je suis née aux derniers jours de l'hiver 1655, dans la petite bourgade de Prats-de-Mollo[2] ?

À la mode espagnole, je porte deux noms : celui de ma mère, Sola, et celui de mon père, Massuch. Si je me marie un jour, Dieu m'en préserve, je garderai celui de mon père, Massuch, auquel j'accolerai celui de mon mari.

Prats, avant son pillage par les soudards du roi de France, était une riche et paisible bourgade, capitale d'une vallée appelée le Vallespir, à plusieurs jours de diligence de la ville de Perpignan lorsque l'on emprunte la route du nord, et à de longues heures à dos de mulet de celle de Camprodon si l'on décide de suivre les sentiers qui traversent les montagnes et mènent vers le sud.

Je dis bien sud et nord car il me fait encore mal de

[2] Aussi dénommée Prats.

prononcer les mots de « royaume de France » et de « royaume d'Espagne » lorsque j'évoque mon village. Il en est ainsi, mon pays, la Catalogne, enchâssé entre les deux royaumes, a été sacrifié pour sceller, soi-disant, l'entente entre le roi de France et celui d'Espagne, après de longues années de guerres et de rivalités.

J'avais alors atteint mon quatrième anniversaire depuis quelques mois.

Par ce traité[3], que les conseillers de la Cour appellent pompeusement la « paix des Pyrénées », le roi de France, Louis le quatorzième du nom, a gagné des places fortes dans le Nord et de florissants territoires beaucoup plus au sud, aux pieds de nos montagnes. La province de Catalogne a été divisée entre les deux royaumes et le comté du Roussillon, riche de sa capitale Perpignan, ainsi que les vallées pyrénéennes frontalières du Vallespir et de la Cerdagne, sont revenus à la couronne du roi de France.

Pour consolider ce traité, Mazarin, premier ministre et parrain de Louis XIV, a obtenu la main de l'infante Marie-Thérèse, la fille du roi d'Espagne, Philippe IV, ma maîtresse à ce jour. Le mariage a été célébré en grande pompe en juin de l'année qui a suivi.

Nous aurions alors presque pu vivre en paix car nous, peuples frontaliers, sommes coutumiers à rendre allégeance à différents rois. La couleur du pantalon des soldats change, leur accent aussi, c'est tout. Nous y avons souvent trouvé notre compte il est vrai, mais cette fois-ci, pour entretenir les troupes installées dans ses nouvelles places fortes, Louis XIV nous a imposé, deux ans après la signature de ce traité, un impôt particulièrement lourd et injuste, une taxe inique et redoutable : la gabelle.

[3] Traité des Pyrénées, signé en 1659 par les représentants des rois de France et d'Espagne.

Jusqu'à cette date et par décrets royaux, nous avions toujours été exemptés de taxe sur le sel, ce sable blanc et piquant dont les hommes des montagnes ont tant besoin pour conserver leurs viandes durant tout notre long hiver.

La région s'est alors enflammée et, je dois l'avouer, des gabelous, ces agents du fisc envoyés par le roi pour réprimer la contrebande, ont été atrocement massacrés.

La révolte locale s'est rapidement intensifiée et organisée autour de Josep de la Trinxeria, un jeune drapier de Prats, un *paraire*.

J'avais alors onze ans et mon cher frère, Estéban, seize.

Josep de la Trinxeria a pris la tête d'une armée que les gens de la vallée ont nommée les *Angelets de la Terra*[4], qui a mené une lutte très violente contre les représentants du roi. Mais après de rudes combats et quatre ans de luttes incessantes, leur révolte a été matée.

Prats, cœur de la révolte, a été punie et ma ville, condamnée à perdre ses anciens privilèges, a vu ses murailles rasées et la maison de Josep détruite.

Mais ce n'est pas encore le pire.

Des innocents ont été envoyés aux galères ou condamnés en place publique. Des survivants, dont Josep de la Trinxeria, se sont sauvés de l'autre côté du col, dans le royaume d'Espagne, pour y continuer le combat.

Quant à nous…

J'ai encore du mal à en parler.

Oserai-je conter cette horreur à l'homme qui me dévisage ainsi ? Je ne crois pas. Il ne faut pas d'ailleurs, car on pourrait y trouver là de bons prétextes de ven-

---

[4] Les anges de la terre.

geance et m'accuser injustement de tous les crimes qui se perpétrent à la Cour.

Pourtant, la dire, ne serait-ce qu'à voix basse, pourrait peut-être m'aider à ne plus la revivre en cauchemar chaque nuit.

J'avais alors quinze ans.

Mon père avait un gros mas dans les faubourgs de Prats, juste de l'autre côté de la rivière le Tech. Il y élevait des vaches de belle race qui font la fierté des élevages pyrénéens, celles que l'on réserve au commerce de la viande et non à celui du lait qui est gardé pour nourrir leurs petits veaux et toute la maisonnée.

Les contrebandiers, des *trabucaires* ainsi que nous les appelons par chez nous, qui malgré les représailles et les terribles dragonnades des soldats du roi de France continuaient à transporter du sel et d'autres marchandises des deux côtés de la nouvelle frontière, venaient souvent à la maison où ils savaient être bien accueillis malgré les risques que mon père faisait courir à sa maisonnée. Un fond d'*ouillade* maintenu au chaud près de l'âtre et quelques *boles de picolat* leur étaient toujours réservés.

Quelques semaines après ces événements, les dragons du roi se sont présentés devant la grande porte de notre mas.

Estéban n'était pas là, rendu en ville, à Perpignan, pour y acheter des livres dont il était si friand. Quant à moi, j'étais partie ramasser, à quelques pas de la maison, une herbe qui ressemble fort à celle du haricot et que m'avait montrée la vieille Nourrie.

J'adorais cette pauvre folle aux cheveux couleur neige, à la silhouette brisée et tremblotante. Elle résidait dans une masure délabrée de la ville haute, étouffante l'été, glacée l'hiver malgré l'épaisseur de ses murs. Elle ne respirait que pour les simples et les herbes qu'elle ramassait dans la montagne. Elle s'évertuait à me les faire reconnaître et à m'en expliquer l'usage. Je ne sais si elle vit encore, ces vieilles-là résistent mieux qu'on ne l'imagine aux assauts du vent du nord, la tramontane, et aux aléas de la vie, mais elles s'éteignent un jour, sans rien demander à personne, lorsque leur existence ne mérite plus qu'elles s'y intéressent.

Cette herbe que je recherchais, le lilas d'Espagne[5], possède des vertus propres à favoriser la montée de lait chez les femelles allaitantes. J'en avais repéré un pied que je réservais à Maria, la jeune épousée d'Estében, qui venait d'accoucher d'un beau garçon et habitait chez nous avec son mari et leur nouveau-né.

Les dragons ont demandé à voir le maître de la maison.

De là où je me tenais, j'eus vite fait de repérer les mouvements de la troupe. Je me suis dissimulée en tremblant derrière les futaies qui surplombaient le mas.

J'ai compté les soldats l'un après l'autre : ceux qui rentraient dans nos étables pour en chasser nos vaches en les frappant sur la croupe, les pauvres bêtes affolées beuglaient à en fendre le cœur, ceux qui pénétraient sans invitation dans notre logis pour en voler meubles et vaisselle et briser portes et fenêtres, et ceux qui étaient restés dans la cour pour menacer la maisonnée qui y était rassemblée. Ils étaient treize en comptant leur capitaine.

Je ne distinguais pas leurs paroles mais percevais confusément des cris, ceux des soldats qui braillaient et s'esclaffaient d'un rire gras et sale d'ivrogne, et puis ceux plus aigus de ma mère, de nos servantes et de Maria, et enfin les pleurs de Jordi, mon petit neveu.

<hr>

[5] Nom trivial du galéga.

Mon père s'est avancé.

Je l'admirais de loin. Il était calme et fier.

Celui qui devait être le capitaine des dragons du roi s'est approché à son tour.

Je rampai dans les hautes herbes pour mieux suivre la scène et en identifier les protagonistes, m'accrochant aux chardons qui envahissaient le pré et déchirant les larges poches de mon tablier où je serrais mes herbes et tous mes autres trésors.

L'homme était un gaillard de très haute stature, au nez fortement busqué, mais je n'arrivais que confusément à distinguer ses traits.

Soudain, des soldats sortirent de la maison en hurlant. Ils venaient de trouver ce qu'ils recherchaient : des barriques de sel. Des preuves de notre soi-disant forfaiture qui justifieraient leurs exactions.

Alors ils se sont déchaînés.

Le capitaine a sorti son épée et sans autre sommation mais dans un terrifiant éclat de rire qui résonne encore à mes oreilles, a embroché mon père avant que celui-ci n'ait eu le temps de faire le moindre geste pour se défendre.

Pour ne pas hurler j'ai mordu mon poing.

Mon père s'est écroulé dans une mare de sang.

Ma mère s'est précipitée vers lui mais un soudard l'a accrochée violemment par son tablier et l'a jetée à terre. Deux de ces ivrognes l'y ont maintenue pendant qu'un troisième relevait ses jupes.

J'ai pressé mes mains sur mes yeux pour ne plus voir jusqu'à ce que les cris terrifiants de Maria me sortent de ma torpeur.

J'ai écarté les doigts avec angoisse.

Nos deux servantes baignaient à leur tour dans le sang.

Maria se débattait désespérément entre les griffes de trois soldats qui essayaient de la maîtriser. Sa robe était déchirée, ses cheveux pendaient lamentablement sur son visage mais tout son corps se tendait vers un point, de l'autre côté de notre cour.

Instinctivement, mon regard s'y est tourné également.

Le chef des soudards s'était emparé de l'enfant. Il marchait à grandes enjambées vers le porche qu'il franchit sans ralentir un seul instant son pas, s'approcha du parapet surplombant la rivière qui coulait une dizaine de mètres plus bas. Il suspendit le petit paquet de chiffons au-dessus de l'eau.

Je mordis mon poing jusqu'au sang, les yeux exorbités, le souffle coupé, le cœur battant violemment dans ma poitrine.

Le monstre, dans un énorme éclat de rire, lâcha sa proie.

Je ne sais plus très bien ce que j'ai fait alors, mais je me revois courir vers la rivière, trébuchant sur les cailloux, roulant, me relevant, recherchant mon équilibre sur ce terrain boueux et escarpé où j'ai usé mes ongles pour ne pas dévaler la tête la première dans le courant, repoussant mes cheveux qui se mêlaient à mes larmes.

Je suis arrivée au bord de la rivière. En me penchant, j'ai glissé sur un rocher pointu et visqueux, recouvert de mousses écœurantes. Sur le coup, je n'ai rien senti mais lorsque enfin j'ai pu me relever, mes mains étaient couvertes de sang.

Tout cela était inutile, le petit corps avait déjà disparu, emporté par le courant de la rivière, très rapide à cet endroit. J'ai suivi son lit sur quelques centaines de mètres mais les berges sont vite devenues impraticables, truffées d'énormes blocs de pierre que je ne pouvais franchir.

Je suis revenue sur mes pas.

Les soldats avaient dû quitter les lieux car je n'entendais plus ni leurs rires ni leurs cris.

Soudain, j'ai reconnu le crépitement des flammes. Les hommes avaient mis le feu au mas, à notre maison, à l'écurie et à l'étable.

Les cloches de Sainte-Juste et Sainte-Ruffine se sont mises à sonner, appelant les hommes de Prats à combattre le feu dont la fumée noire, qui commençait à s'élever à plusieurs dizaines de mètres du sol, devait s'apercevoir de tout le village.

Je me suis approchée, tremblante, et j'ai regardé.

Dans la cour, j'ai reconnu les corps de Maria et de ma mère, figés dans des positions grotesques.

La chaleur de l'incendie devenait insupportable, les grosses poutres de l'écurie s'effondraient dans un vacarme d'enfer, entraînant dans leur chute des ballots de paille qui s'enflammaient à leur tour, attisant le feu.

Je ne pouvais plus rien faire.

Je me suis enfuie. J'ai traversé les montagnes je ne sais même plus dans quel état de délire, me nourrissant de quelques baies et de fruits de nèfles que je cueillais au fur et à mesure de ma traversée, pansant mes pauvres pieds blessés avec mon tablier que je déchirais pour en faire des chiffons.

Après des jours d'errance, je suis arrivée chez les Jaume, de vieux amis de la Nourrie, qui m'ont accueillie comme leur fille.

Voilà ce que je pourrais lui raconter.

Mais pour l'heure je le regarde sans dire un mot,

renouvelant ma révérence avec tout le respect que doit une modeste demoiselle d'honneur de la reine à Sa Majesté et à la Cour.

CHAPITRE 3

Suzon n'arrive toujours pas à calmer ses larmes, ce qui irrite fort sa maîtresse, la Montespan, qui la contemple d'un air courroucé sans même chercher à connaître la cause de son profond désarroi.

La raison je la connais, moi : le jeune homme qui gît aux pieds de La Quintinie n'est autre que son galant.

Mais c'est aussi, pardon je devrais dire « c'était aussi », un joli cœur, un séducteur incorrigible qui a beaucoup fait souffrir ma Suzon. Et l'a surtout placée dans une situation fort embarrassante. Il ne méritait cependant pas une telle mort.

La Reynie poursuit son inspection du corps du jeune homme.

– Il y a cette odeur, se plaint-il en plissant le nez. Cette odeur pestilentielle qui n'est pas encore celle du corps en décomposition car la mort remonte assurément à moins d'une heure, mais celle de la main d'une femme.

– Un parfum de femme ? s'étonne le roi qui s'est approché en maintenant son mouchoir de dentelle sur le nez et la bouche. Une gardienne de cochons alors, ricane-t-il sans recevoir d'écho de la Cour qui l'entoure et qui contemple, terrifiée, le jeune homme sans vie.

— Pas un « parfum » de femme, Sire, mais une senteur qui aurait été causée pour et par une femme.

— L'odeur en effet est très caractéristique, intervient La Quintinie, on a dû brûler de la rue fétide.

— Dieu me préserve d'utiliser de telles herbes pour parfumer mes appartements, ironise le roi, c'est une odeur pire que celle de tous les égouts de la ville de Paris. Mais cette fragrance suffirait-elle à tuer son homme ?

— Lorsque l'on brûle cette plante, il s'en dégage une fumée âcre, malodorante, étouffante, précise La Reynie, mais je ne pense pas que cela puisse expliquer la mort de ce jardinier. Nous allons faire examiner ses viscères et rechercher la trace d'un poison violent car la fin semble avoir été soudaine. Observez les traits du jeune homme, c'est un masque d'étonnement et de terreur qu'il nous présente, il semble avoir vu le diable en personne.

— Le poison, le diable, encore ! s'exclame le roi avec humeur. N'avez-vous donc pas, monsieur, d'autres mots à la bouche en ce moment ?

— Sire, sachez que ce sujet ne m'est pas non plus plaisant, mais je cherche des indices en l'absence de toute marque de violence sur le corps de la victime. Peut-être cette trace-là, au niveau du menton, pourrait-elle avoir été causée par un coup qui aurait mis notre homme à terre et lui aurait fait perdre connaissance, reconnaît-il. Il y a là, derrière le crâne, une protubérance qui indique un choc brutal. Le garçon était robuste, seul un homme aurait pu ainsi l'abattre ou une femme de forte constitution. Mais décidément, l'effet de surprise et le poison, l'arme des faibles masquée par une étrange mise en scène, me semblent plus probables.

— Pourquoi avoir brûlé ces herbes ? s'étonne le roi.

— Pour se protéger des mauvais esprits sans aucun doute, minaude la Montespan en s'approchant du corps.

— Des esprits ? s'offusque Sa Majesté. En attendant c'est vous qui perdez le vôtre, ma chère. Mais vous voilà bien pâle, ajoute-t-il en rattrapant la jeune femme qui manque de s'évanouir en découvrant la victime.

En voilà une qui aurait mieux fait de se taire et de rester à cajoler son bichon favori et croquer ses amandes bien que son intervention, en attirant l'attention du roi et de la Cour sur sa personne, fasse tout à fait mon affaire.

La Montespan vient de reconnaître celui qui était venu lui apporter quelques fruits dans ses appartements la veille au soir, le jeune jardinier au sourire enjôleur et aux yeux doux dont les traits charmants n'étaient alors pas encore déformés par la mort.

Elle se redresse, sans dire un mot, le sourire crispé, s'éloigne de quelques pas de Sa Majesté pour se rapprocher de Suzon à qui elle adresse des mots durs et sanglants dont je ne peux saisir le sens mais qui la font rougir jusqu'aux oreilles et lui arrachent de nouvelles larmes qu'elle essuie maladroitement.

— La rue est une herbe que les femmes apprécient, Sire, intervient La Quintinie, car elle les aide à faire passer le « cadeau » offert par des amants indélicats[6]. Je n'en pratique en aucun cas la culture dans mon potager, mais il est facile de s'en procurer chez n'importe quel apothicaire.

---

[6] La rue fétide peut provoquer des fausses couches et des avortements.

— Je pense que l'on a plutôt fait brûler ces herbes pour effacer des traces, rétorque La Reynie. Ou pour les brouiller peut-être. Qui était au courant de vos expérimentations sur ces cloches en verre et pourrait avoir été informé que le jeune homme était seul ici, pendant de longues heures ? demande-t-il à l'intention du maître du potager du roi.

— Eh bien, répond celui-ci d'une voix étouffée, Sa Majesté tout d'abord qui me fait l'honneur de s'intéresser à mes travaux sur les cultures sous cloche et par-delà…

— Et par-delà, le coupe le roi avec humeur, toute la Cour, c'est ce que vous voulez signifier mon cher ? Mais ce jardinier était-il au moins la victime désignée ?

— Ou se serait-il retrouvé sur le chemin de l'assassin par le plus grand des hasards ? approuve La Reynie.

— Quoi qu'il en soit, le criminel était aussi sur celui de notre roi, conclut Vauban.

La Quintinie n'ajoute aucun commentaire à ces hypothèses qui l'indiffèrent. Il est sincèrement affligé par la disparition de son commis. Il essuie avec bonté la figure du jeune homme, nettoie les traces de terre qui la souillent, rajuste son paletot, desserre les doigts pour éviter à la rigidité de la mort de les figer en une position grotesque. Un ruban de couleur rouge et jaune s'échappe alors de la paume du cadavre et tombe à terre sans qu'il n'y prenne garde.

Mais l'événement n'est pas passé inaperçu aux yeux de tous. La Montespan tout d'abord, qui contemple la scène d'un air horrifié sans en perdre une seule miette, et puis monsieur de Vauban qui vient de reconnaître les couleurs « sang et or » du ruban. Les couleurs de mon pays, celles que toutes les filles portent dans leurs cheveux. Ses yeux vifs vont de ces fanfreluches à mon visage mutique qu'il vient de repérer parmi la foule où je cherche à me dissimuler.

Que Suzon est sotte ! Avait-elle besoin de laisser traîner les cadeaux que je lui fais et d'aller les offrir à son amant ? Un simple bout de tissu certes, mais qui pourrait devenir une pièce compromettante. Qui me connaît, reconnaîtrait facilement ce ruban ! Cherche-t-on à me faire incriminer ?

Quant à l'usage de la rue fétide... Suzon, ma Suzon, ne presse pas ainsi ton petit ventre qui s'arrondit, ton malaise et tes pleurs sont déjà autant d'éléments qui ont attiré l'attention de ta maîtresse et peut-être de bien d'autres ici. La Reynie n'est pas des plus imbéciles et les espions de Louvois nous frôlent chaque jour sans que nous le sachions.

— Sire, je dois décidément vous parler le plus vite possible, insiste l'homme à la figure balafrée en s'approchant du roi.

— Monsieur Le Prestre de Vauban, mon cher commissaire général des fortifications, vous me plaisiez plus lorsque vous demeuriez encore dans votre lointaine citadelle lilloise, soupire Sa Majesté. Souhaitez-vous me soumettre un de ces écrits ravageurs qui enragent mon ministre Louvois ? Un de vos extravagants calculs d'ingénieur qui sont censés me démontrer que l'on peut subvenir aux besoins d'une population en lui offrant d'élever une truie par ménage ? Allons, sincèrement, est-ce vraiment le moment de m'importuner ? s'esclaffe bruyamment le roi, suivi en cela par toute la Cour qui trouve là le moyen d'échapper à l'ambiance morbide qui s'est abattue sur leur petite troupe. Ce jeune impudent est déjà venu gâcher ma visite dans le parc, c'est assez, éloignons-nous plutôt de ce corps puant, nous discuterons en d'autres lieux et d'autres temps.

– Sire, je vous prie d'excuser mon insistance, mais il ne s'agit pas de futilités ou d'écrits qui peuvent parfois vous froisser, je souhaiterais vous entretenir de vos provinces frontalières avec l'Espagne et très précisément...

– Ce n'est pas le moment, monsieur de Vauban. Ces frontières sont calmes, les indigènes matés.

– Non, Sire, il faut que vous veniez voir sur place. J'envisage d'importants travaux pour renforcer nos frontières et...

– N'y comptez pas, conclut le roi d'un ton sec. Ma chère, dit-il en se tournant vers la Montespan, donnez-moi votre bras, cette boue risque d'endommager vos souliers et je vous conseille d'user de vos porteurs pour ne point les gâter.

Vauban salue son roi, il a compris qu'il n'est pas l'heure de discuter plus avant avec lui. Pourtant il sait que les plus belles murailles et les plus solides fortifications ne parviendront pas à le protéger de la colère de ceux qui cherchent à se venger.

Vauban les connaît bien, cela fait des mois qu'il inspecte les régions frontalières de la Catalogne, repérant les places fortes, identifiant les bastions les plus sensibles, rencontrant les hommes, écoutant leurs doléances et leurs cris de haine.

Ce crime pourrait n'être qu'un coup d'essai, un avertissement, une répétition dont un innocent a peut-être fait les frais, se dit-il. Du moins ce sont les pensées que je lui attribue, car je lis en cet homme comme dans un livre ouvert et je partage son avis sur ce point.

Vauban regarde tout autour de lui. Petits et grands se dispersent dans la boue du chemin. N'importe lequel d'entre eux aurait le temps de frapper et de s'échapper.

Même moi qui viens de m'éclipser pour vaquer à quelques affaires avant de rejoindre ma maîtresse, car celle-ci peut bien attendre avant que je ne lui raconte tout ce que j'ai vu.

Tout ce que j'ai vu et que moi seule juge important de lui conter.

CHAPITRE 4

La reine vient de me faire appeler à ses côtés.

Elle a maintenant hâte que je lui fasse le rapport de cette promenade hivernale dont les premiers échos sont déjà arrivés jusqu'à ses oreilles car, en plus de son époux venu lui rendre sa visite protocolaire, j'ai pu constater combien ma maîtresse sait judicieusement s'entourer de fidèles et avisés espions qui lui consignent tous les faits qui se passent en France et en Espagne, son pays natal qu'elle n'a pas oublié.

À mon tour, je me dois d'être habile, ne rien cacher, mais ne pas trop dévoiler.

Nous sommes toutes les deux dans sa chambre où elle repose, et la reine écoute le récit de cette journée avec beaucoup d'intérêt.

Je lui décris, avec une verve que ne renierait pas monsieur Molière, l'embarras de la Montespan, crottant ses bottines dans la bourbe du parc, grelottant sous sa pelisse, essayant de réchauffer ses mains gourdes au ventre chaud et tiède de son bichon qui a fini par lui mordre cruellement le bout des doigts et qu'elle a alors laissé tomber de surprise, sous la douleur, au beau milieu d'une flaque de boue à moitié gelée, juste sous le nez de Sa Majesté qui n'a pas pu retenir un juron.

Une fois sa jalousie contentée, je lui dépeins les arbres gigantesques que Le Nôtre a fait planter dans le parc. Elle hoche la tête avec contentement.

Je lui vante le prodigieux travail des terrassiers, le génie des jardiniers, le dévouement des ouvriers, mais je n'ose évoquer le sort des deux maçons blessés, ce genre de détail l'incommode trop. L'un d'entre eux est déjà mort, je n'ai même pas pu le soulager.

Je dois pourtant être redevable à ma maîtresse de me laisser aller à ma guise et de donner ordre à ses gens de me conduire en calèche si la distance est trop longue pour mes courtes pattes.

Je lui conte aussi la découverte du corps de Blaise, mais je ne précise pas ce que représente le jeune jardinier aux yeux de mon amie Suzon. Ni ce que je pense de lui ! Dieu ait son âme maintenant qu'il n'est plus avec nous !

La reine me questionne beaucoup à propos de la rue fétide. Inutile d'essayer de passer pour une ignorante, elle ne me croirait pas, ne m'a-t-elle pas fait venir auprès d'elle pour mes connaissances des plantes et de leurs usages ? Je m'empresse de lui confirmer que je n'en ai pas l'emploi, une telle espèce fait partie de l'arsenal des sorcières et des faiseuses d'anges dont les pratiques sont interdites par l'Église et sévèrement punies par la loi, loin de moi l'idée de partager de tels méfaits. Mais je ne peux m'empêcher de lui ouvrir mon cœur et de lui dire combien les hommes ne rendent pas facile la vie des femmes et qu'il est des cas où… À la Cour, je sais toujours mesurer mes propos, cacher mes sentiments et ne pas me trahir. Du moins, c'est ce que j'espère.

Ma maîtresse n'insiste pas, elle opine du chef et me contemple de ses yeux graves.

Je m'étonne parfois de la confiance que la reine m'accorde pour m'avoir fait mander jusqu'au-delà des Pyrénées, chez les Jaume où j'avais cherché refuge, puis fait venir à la Cour et me nommer demoiselle d'honneur à ses côtés, pour mes tout juste dix-sept ans.

Je me souviens encore de mon incrédulité lorsque je reçus l'ordonnance m'invitant à la Cour du roi Louis XIV. La Cour du roi de France ! Devais-je croire aux signes de Dieu ?

Je fus, je dois l'avouer, flattée qu'un émissaire de la reine n'ait pas hésité à traverser la frontière et à s'introduire en région ennemie pour m'y apporter sa lettre d'invitation et tous les laissez-passer qui me permettraient de franchir les barrages militaires et d'affronter un pays qui m'était encore inconnu. Un pays qui après tout était devenu le mien, celui de mes amis, si j'en avais encore, et celui de mes proches.

J'hésitai peu de temps avant de me laisser convaincre. Je m'ennuyais fort chez ces vieilles gens qui avaient eu la charité de me recueillir après mon errance désespérée, et malgré le plaisir que j'avais de partager avec le vieux Jaume ses promenades en montagne où il me montrait des herbes médicinales connues de lui seul, j'avais envie de découvrir de nouveaux horizons.

Les herbes : voilà la raison de mon invitation à venir auprès de la reine. Son message à ce sujet avait été clair : « N'emportez que le strict nécessaire à votre voyage. Une garde-robe complète et digne de la position de demoiselle d'honneur que je vous offre à mon service vous sera octroyée à votre arrivée à la Cour. N'oubliez cependant pas vos simples et tous les ustensiles qui sont utiles à votre art. »

Ne connaissant pas encore l'habileté des yeux et des oreilles de ses espions, je m'étonnai alors que ma réputation de *bruche* soit montée jusqu'aux salons de la reine de France. Bruche, en bon français, signifie sorcière, mais cette langue est pauvre et manque de finesse et je n'aime pas ce terme que l'on associe à Satan, au diable et à ses malfaisances. Je me contente d'un usage raisonné des simples pour soulager les douleurs et soigner les maux, et bénéficie aussi d'un don du ciel pour apaiser, par de simples pressions des doigts, les souffrances de ceux que le temps ou la violence des hommes ont abîmés. Certes, j'en sais aussi beaucoup sur les vertus de plantes que certains qualifient de poisons, mais j'en réserve l'usage à des cas désespérés.

De plus, ma future maîtresse savait que je ne jurerais pas à la Cour : j'ai été bien éduquée, mon père était un riche éleveur qui avait eu les moyens, et surtout l'intelligence, de me laisser profiter des leçons données à mon frère Estéban par un précepteur venu de Camprodon. Je sais ainsi lire et écrire, parler en catalan, en castillan et même en français malgré un terrible accent qui me faisait rouler les « rrr » et dont je n'arrivais pas à me débarrasser jusqu'à mon arrivée à la Cour mais que je sais aujourd'hui parfaitement dissimuler, tant les moqueries et agaceries de mes camarades à ce propos m'ont fait souffrir.

Ce sont mes talents de guérisseuse que la reine recherche. Aurait-elle peur ? De qui, je ne le sais encore, mais le poison rôde à la Cour du roi de France.

— Pourrais-tu me servir un peu de cette infusion de feuilles de verveine que tu m'as fait préparer hier au soir et que j'apprécie tant ? me demande soudain la reine. Non, ne sonne pas ! La carafe est placée sur ma coiffeuse, tu y trouveras aussi des verres. Dis-moi,

Agnès, n'y a-t-il point un détail que tu aurais oublié de me rapporter ?

Ma maîtresse est remplie de bonté envers moi, mais aujourd'hui ses yeux trahissent son exaspération.

Je rougis jusqu'aux oreilles. Qu'attend-elle de moi ? Quel détail lui aurait-on fourni et que j'aurais omis de lui décrire ?

– Agnès, reprend-elle, te rappelles-tu de ton arrivée à la Cour, il y a quelques mois déjà, petit oiseau meurtri mais si courageux ? Tu m'as raconté ton voyage, cela m'a fort divertie. Puis-je te rafraîchir la mémoire ? Avec mes hommes, poursuit-elle sans attendre ma réponse, vous avez franchi la frontière à dos de mulet. « Combien d'exilés l'avaient fait avant moi et le referont, les yeux grillés par le soleil ou les pieds gelés par la neige qui l'hiver isole nos terribles montagnes ? » as-tu même ajouté. Quelques lieues avant Prats, la ville où tu es née, une discrète voiture vous attendait dans la cour d'une ferme. On m'a dit que tu avais bien connu le fils du propriétaire mais n'osais pas demander ce qu'il était devenu. Je connais ton histoire et celle des tiens, je respecte ton malheur car je sais qu'il est grand, mais après tout, qu'importe son sort. Exilé comme certains, envoyé aux galères, disparu ? Peut-être tout simplement établi, marié et adapté à sa nouvelle vie, ma chère Agnès.

« Qu'importe son sort ! » J'ai du mal à retenir mes larmes devant cette royale désinvolture. La reine poursuit son récit. Mon récit ! Où veut-elle en venir ?

– Pour des raisons de sécurité, on t'interdit de te montrer et on te poussa dans une guimbarde dont on referma rapidement les battants de la porte. Arrivée à Prats, tu tendis avec précaution le cou par la fenêtre de la voiture pour humer l'air frais et revoir les alentours.

Craignais-tu qu'un bourgeois ne te reconnaisse ?

— Madame, je suis impressionnée par votre mémoire et ravie que ce récit vous divertisse encore. En réalité, je sais maintenant que je risquais peu de choses, une pauvre fille comme moi ne représente rien en ce royaume. De plus, la douleur m'avait fait grandir plus vite que ne l'aurait voulu la nature, et si certains avaient encore en mémoire une petite sauvageonne d'une quinzaine d'années, aux yeux rieurs et aux joues rondes, ils n'auraient retrouvé dans cette voiture qu'une jeune femme triste et sévère, toute de noir vêtue et dont la coiffe en dentelle enserrait sagement les moindres mèches folles qui auraient eu l'idée de s'égarer.

— Toute de noir vêtue, bien sûr, répète la reine d'un ton ironique qui m'étonne. Je poursuis ton récit. La route vers Perpignan fut terrible. Les chemins sont dans un état épouvantable. La guerre y a creusé ses sillons et notre cher gouverneur ne s'est pas empressé de dépenser les bons deniers de Sa Majesté pour les faire remettre en état et rendre ainsi service à tous ceux qui se sont moqués de lui pendant si longtemps. Enfin, de là, tu fis route vers Montpellier, Lyon puis Paris et enfin Saint-Germain-en-Laye.

— C'est tout à fait exact, madame.

— Arrivée à la Cour, on te mena devant moi. Je m'adressai à toi en espagnol, puis en français. Je fus satisfaite de constater que tu comprenais parfaitement les deux langues et te priai de converser dorénavant en français.

— Oui, madame. Ce sont vos autres demoiselles de compagnie qui ont fini de me dresser à ce propos et m'ont rapidement fait perdre mon accent qui les faisait tant rire et qui les obligeait à me faire répéter toutes mes phrases une ou deux fois avant qu'elles n'en saisissent complètement le sens.

— Comme promis, je te fis apporter un trousseau complet de robes et de jupons, taillés dans des étoffes de qualité aux couleurs gaies et chatoyantes. Je te priai instamment de serrer ta pauvre robe de deuil au fond de ton coffre.

— Mais le plus beau des cadeaux que vous me fîtes, madame, et qui m'attire encore beaucoup de jalousies, fut celui de m'attribuer un cabinet rien que pour moi, mes simples et tous les ustensiles qui sont utiles à mon art, ainsi que vous me l'aviez signifié, je m'empresse d'ajouter, surprise par le ton soudain glacial de ma maîtresse.

— Ne me coupe pas la parole, gronde la reine. Lorsque je t'ai demandé de cacher tes loques, j'entendais également tes rubans. Leurs couleurs rappellent de funestes souvenirs au roi de France.

— Mais, madame, c'est ce que je fis !

— Ne les aurais-tu point offert à un quelconque galant ?

— Jamais, madame ! Et si vous voulez parler de celui qui a été retrouvé entre les doigts de ce pauvre jardinier, j'en ignore la provenance.

— Vraiment ? Alors d'où viendrait-il ? Vois-tu, Agnès, reprend la reine avec plus de douceur, j'apprécie tes services et tes dons. Je ne voudrais pas avoir à le regretter mais je me suis souvent demandé pourquoi tu avais accepté si rapidement mon offre. Après tout tu vivais tranquille, tu avais besoin de temps et de calme pour soigner tes plaies.

— Madame, on ne refuse pas une telle demande venant d'une reine.

— J'accepte ton argument, acquiesce ma maîtresse

après quelques instants d'un silence pesant. Pour en revenir à notre affaire, ne t'étonnes-tu pas que je connaisse ce détail ? C'est monsieur de Vauban qui est venu m'en causer, intrigué par ce ruban à tes couleurs et semant le trouble dans mon esprit. Ne voilà-t-il pas qu'il imagine déjà un complot contre le roi, une conspiration menée par des Espagnols ou des Catalans ! Il y voit là un danger réel, des éléments susceptibles de menacer Sa Majesté. Comme si une telle chose pouvait être possible ! D'ailleurs, mon royal époux m'a juste parlé « d'une charogne qui puait les égouts », et m'a paru guère affecté par cette affaire.

– Pauvre Blaise ! Monsieur de Vauban aurait-il partagé ses craintes avec le roi ?

– Je l'ignore. Le poison est ce que le roi redoute le plus, et il vit dangereusement à la Cour où cette putain de Montespan fait préparer philtres et onguents dans de louches officines. Mais ses frontières avec l'Espagne ne l'intéressent pas, ce sont ses bastions du Nord qui le transportent d'aise. Vauban, lui, est un homme bon et curieux. L'affaire semble le passionner, plus qu'elle ne le mérite certainement.

– Et monsieur de la Reynie ?

– Il est préfet de police, son seul souci est la boue qui a crotté les souliers de cette Montespan. Tout cela est bien ridicule, mais il a fallu que je réponde de mes demoiselles d'honneur et de toi en particulier. Alors, ne me déçois pas !

– Je ne vous décevrai pas, madame.

Je baisse la tête en rougissant. Que j'ai été maladroite ! J'aurais dû me méfier du regard inquisiteur de Vauban et éviter le courroux de la reine.

Celle-ci fouille mon âme de son regard acéré, mais même sous la torture elle n'arrivera pas à me faire avouer. Je n'ai rien à perdre et je dois protéger un être qui m'est cher et qui est la véritable raison de mon départ précipité pour la Cour du roi de France. Peut-être est-il déjà trop tard ? À moins que tout ceci ne soit que coïncidences et tromperies pour me faire parler !

Je serre les poings, il faut que je tienne. Si j'osais, madame, je vous avouerais que je suis venue à la Cour pour revoir un homme, Estéban, mon frère, et l'empêcher à tout prix de commettre l'irréparable pour assouvir sa vengeance.

Car quelques mois après mon arrivée chez les Jaume, Estéban m'avait en effet retrouvée et était passé me voir pour me parler de ses projets. Il ne resta que quelques heures avec moi, fuyard traqué redoutant jusqu'à son ombre, mais je pus constater combien il avait changé. Il était terriblement marqué et était devenu coléreux, aigri, si différent du garçon courageux et plein d'entrain que j'avais connu. Les tragiques événements qui avaient endeuillé notre foyer avaient eu raison de sa patience.

Il me savait rescapée du massacre de notre famille parce qu'il avait relevé, dans le pré où j'avais l'habitude de cueillir des herbes, des traces de mon passage et les rubans de couleur sang et or que dans ma course folle j'avais perdus. Ces bouts d'étoffe salis et crottés qu'il reconnut comme les miens car j'y avais brodé mon nom en fil d'or, il me les rendit alors, sauf un qu'il tint à garder en souvenir. Il m'offrit également un petit bout d'une racine blanchie qu'il avait ramassée dans le champ en contrebas. « L'aconit est rare dans nos montagnes, précisa-t-il, en trouver est un signe qu'il ne faut pas négliger. Celui-ci attendra son heure, mais cette heure-là sera fatale pour celui à qui il est destiné. »

Estéban ne souhaitait pas rejoindre les troupes de Josep de la Trinxeria au service du roi d'Espagne, mais partir très loin et gagner les Amériques pour refaire sa vie. Avant cela, il désirait revoir une dernière fois notre village et profiter de la traditionnelle fête de l'Ours, *el dia de l'os*[7], réputée dans tout le Roussillon et attirant de nombreux badauds, pour y assister déguisé en ours comme tant d'autres et passer ainsi inaperçu. Il m'informa également que l'officier et la troupe de soldats qui avaient massacré les nôtres seraient très certainement de la partie, se soûlant comme tous les soirs dans une auberge de la ville pour fêter leur départ prochain vers une autre région.

Il ne fit pas d'autre commentaire et partit le lendemain matin sans même me dire au revoir.

De mois en mois, je reçus quelques nouvelles de lui par les contrebandiers, ces trabucaires restés ses amis et qui, par la mystérieuse complicité unissant les hommes qui trafiquent, arrivent toujours à obtenir des nouvelles d'un des leurs, où qu'il soit sur terre ou sur mer dans notre vaste monde.

Ce sont eux qui m'ont appris, au début du printemps, qu'Estéban a enfin remis le pied sur notre sol après de longs mois d'exil aux Amériques, mais rempli d'une haine terrible envers le roi de France, il n'a de cesse de s'introduire à la Cour pour se venger.

Se venger ! Dieu seul sait si nous en avons toutes les raisons du monde, mais le roi de France est le plus fort. Je connais sa détermination et Estéban s'y brûlera les ailes. Je n'ai plus que lui, je ne veux pas le perdre !

Je relève la tête pour répondre à ma maîtresse qui n'a cessé de m'observer alors que j'étais perdue dans mes souvenirs, et je répète :

— Je ne vous décevrai pas, madame.

[7] Le jour de l'ours.

– J'y compte bien, Agnès, mais où étais-tu encore partie ? Loin dans tes montagnes chéries j'imagine, gronde la reine avec irritation N'entends-tu pas que monsieur Bontemps te parle ? Le roi souhaite t'entretenir, c'est un honneur qui ne se refuse pas et nul ne fait attendre le roi de France. Bien sûr, cette histoire de rubans reste entre nous, me glisse-t-elle à l'oreille en me poussant avec un peu plus de douceur vers notre visiteur.

Alexandre Bontemps est le premier valet de chambre du roi, emploi où il a succédé à son père, Jean-Baptiste. Cette charge est un grand honneur car elle signifie que l'on possède l'entière confiance du roi et, à ce titre, Bontemps est craint et respecté de tous. Or, il est là devant moi, l'air contrarié.

Je le salue avec tout le respect que je lui dois et, sans un mot, je le suis jusqu'aux appartements où le roi de France m'attend.

Je tremble qu'à son tour celui-ci ne me harcèle et m'interroge sur le crime commis dans les potagers de monsieur La Quintinie.

Au moins, lui ne me parlera pas de ce ruban qui fâche tant la reine !

CHAPITRE 5

Comme j'aimerais pouvoir, juste maintenant, disparaître sous terre.

Que me veut le roi ? Que cherche-t-il à savoir et que va-t-il me demander à son tour ? La reine se trompe, Vauban lui a parlé et a instillé le doute dans son esprit. Je tremble.

Bontemps s'éloigne sans dire un mot après m'avoir saluée avec déférence. Il referme soigneusement les portes de l'appartement mais reste en faction juste devant, faisant corps avec la tapisserie des murs. Il est dans la même pièce que moi mais c'est comme s'il m'avait laissée seule avec Sa Majesté.

La pièce est plongée dans une semi-obscurité qui m'oblige à cligner des yeux pour distinguer les meubles qui m'entourent : un bureau en marqueterie décoré d'un grand vase rempli de feuilles de hêtre séchées d'un magnifique rouge, et deux confortables fauteuils. Tout au fond, un lit où se repose l'homme à qui Bontemps a glissé quelques mots à l'oreille avant de s'éclipser. C'est Sa Majesté qui m'attend, adossée à de gros coussins. On raconte que, même pour trouver du repos, elle ne s'allonge jamais de peur d'être étouffée par sa langue.

J'ose à peine m'approcher, cherchant du regard l'aide de Bontemps qui reste figé, indifférent à mon angoisse et à mon embarras.

Je fais encore deux pas.

Soudain, le roi se met à marmonner. Je tends l'oreille, prête à lui répondre, cherchant déjà mes réponses, craignant de faire ressortir mon terrible accent que je n'arrive plus à dissimuler lorsque je suis angoissée.

Mais ce n'est pas à moi que Sa Majesté s'adresse et je reconnais dans la suite pressée des mots qu'il bredouille la logorrhée de ceux que les fièvres terrassent.

– Les fièvres m'épuisent de nouveau et je délire, bafouille-t-il. D'après Daquin, mon imbécile de médecin, seule une nouvelle saignée accompagnée d'une infusion de feuilles de saule devrait m'apaiser. J'accepte l'herbe de ce fieffé coquin, mais moi Louis Dieudonné Bourbon, quatorzième du nom, je refuse de lui accorder une nouvelle fois une seule pinte de mon sang. Qu'on m'apporte plutôt le vin doux que je conserve dans mon apothicairerie[8] et dans lequel j'ai fait infuser des graines de coriandre, de fenouil et d'aneth ainsi que des écorces de cannelle, le tout mélangé à du sucre, bien que ce remède soit hélas inefficace sur le mal qui me tient. Il faut que cette fille vienne. D'où sort-elle ? Je ne sais, mais on raconte tant de choses sur elle que pour une fois je serais bien venu d'accepter les soins d'une femelle. Les femmes ! Je ne sais pour celle-là, mais les autres me perdront. Mon épouse, Marie-Thérèse, glissée dans ma couche pour raison d'État, n'a toujours pas perdu son détestable accent espagnol, adore croquer des grains de chocolat, je déteste le chocolat, et jouer avec ses petits chiens, de sales roquets à qui je donne des coups de pied quand ils

---

[8] Petit laboratoire où Louis XIV aimait à préparer lui-même des mélanges de plantes.

prennent mon mollet pour je ne sais quel mât de co-
cagne. Je partage également ma couche avec de charmantes maîtresses, certaines passionnées, d'autres plus
réservées. La dernière en date m'a déjà donné deux
bâtards. Une fillette malingre et un garçon estropié.
Pourtant leur mère, Françoise Athénaïs, a le plus
soyeux grain de peau qu'il m'eût été donné de cares-
ser. Ce joli minois a un fichu caractère et grève d'une
façon scandaleuse le budget de la couronne en bijoux,
herbes et autres babioles, ce qui m'attire les foudres de
mon contrôleur général des finances, ce brave Colbert.

Le roi émet de sonores borborygmes suivis de fla-
tulences nauséabondes qu'il accompagne de profonds
soupirs de soulagement.

Je jette des regards anxieux vers Bontemps qui
semble m'ignorer. J'ai le rouge qui monte aux joues,
mes mains sont moites et mes genoux flageolent. Me
considère-t-on comme si peu de chose qu'il ne fait pas
plus cas de moi que du chien de sa maîtresse ou d'un
étron croisé au bord d'un chemin ?

– Ah ! Maudite fièvre !

Le roi prononce encore quelques mots inintelligibles
puis se met à ronfler bruyamment. Je reconnais là le
signe du vrai sommeil réparateur chez un homme, la
fièvre a dû tomber.

Je me retourne vers Bontemps, les nerfs à fleur de
peau. Cette fois-ci la comédie a assez duré.

– Votre maître souffre de fièvres intermittentes,
l'air vicié des marécages de Versailles encore partiellement asséchés est très malsain et sa visite dans le parc
a dû aggraver son état. Je ne sais si je peux quelque
chose pour lui. Il repose tranquillement maintenant,
laissez-moi retourner chez la reine, j'ai mon service à
honorer.

Bontemps ne daigne pas m'adresser la parole mais se décolle de la tapisserie pour s'approcher de la couche royale. Le sot, ne va-t-il donc pas réveiller Sa Majesté qui sera alors de fort mauvaise humeur pour me recevoir ?

– Sire, Sire ! Votre fièvre a-t-elle enfin baissé ? interroge Bontemps en posant sa main sur les tempes de son maître.

– Bontemps, est-ce vous ? répond le roi en sursautant.

– Oui, Sire.

– Je crois que j'ai déliré. Cette fièvre ne me quitte pas malgré les prescriptions de cet incapable de Daquin. A-t-on entendu mes paroles ?

– Non, Sire, rien d'intelligible.

– Bien. Si par le plus grand des hasards, une seule phrase avait été comprise, qu'elle soit rapidement et définitivement oubliée.

– Oui, Majesté. La jeune demoiselle au service de la reine, la dénommée Agnès Sola-Massuch, vous attend.

– C'est vrai, j'avais failli oublier !

Bontemps tend au roi une toilette[9] imbibée d'eau d'essence de rose et de romarin. Il s'en saisit et se frictionne le visage avec délectation. Le linge est frais et soulage ses miasmes. Bontemps s'empare alors d'une pièce de tissu plus grande mais également imprégnée d'huiles essentielles et, après avoir soulevé sa chemise, frotte avec vigueur le torse du roi qui grogne d'aise.

– Voilà qui me réveille un peu. Ces fièvres me tuent. Je donnerais beaucoup pour les faire cesser. Occupez-vous de ma perruque, Bontemps, lorsque je suis envahi par ces chaleurs je sue du crâne et cela me gratte. Saupoudrez-y donc un peu de talc de Venise pour calmer mes démangeaisons.

---

[9] Petite toile dont on se sert pour se rafraîchir la figure.

– Sire, je crains que vos réserves ne soient épuisées.

– Quoi ? Encore pas plus tard qu'hier mes armoires croulaient.

– Sire, madame de Montespan…

– Est encore venue se servir comme une pie voleuse et me piller. Ne peut-elle donc pas vivre sur les deniers que je lui alloue généreusement et se contenter de ses appartements pour faire sa toilette. L'autre jour, c'est la farine dont elle use pour se blanchir la peau qu'elle avait répandue dans mes salons. Cette poudre s'immisce entre les nœuds de mes tapis et de petites bêtes rampantes y trouvent leur pitance, y fondent leur foyer et développent des colonies. Une horreur ! Et qu'elle ne s'avise pas de laisser traîner son joli minois dans mon apothicairerie.

– J'y veillerai, Sire, acquiesce Bontemps en esquissant un sourire narquois.

– J'ai besoin de me soulager, apportez-moi donc ma chaise percée que j'évacue les gaz qui me tiraillent les boyaux.

Je vais mourir de honte sur place, le roi ne va pas ainsi s'exposer à mes yeux ? Non, décidément, je ne suis rien pour eux car le voilà qui s'installe commodément et soulève sa chemise. Par pudeur je ferme les yeux si fort que je ne sais si j'arriverai à les rouvrir. Les bruits sont sans équivoque, mais si le soulagement est à la hauteur de la pestilence qui se dégage et de la fanfare qui l'accompagne, le roi ainsi débarrassé devrait maintenant être d'excellente humeur.

– Cette jeune femme est donc là, reprend le roi lorsqu'il a enfin terminé ses ablutions. Qu'elle approche, je ne la distingue pas dans l'obscurité de cette pièce. Bontemps, ouvrez largement les rideaux, le soleil est assez bas en cette saison et ne me causera pas de douleurs, brûlez aussi quelques chandelles.

Écarquillant les yeux, je fais trois pas en direction du lit que Sa Majesté vient de regagner. Tremblante, émue, j'approche celui par qui nous avons tant souffert. Je baisse la tête avec respect, jette un coup d'œil sur mes paumes et y retrouve les cicatrices que les cailloux pointus du bord du Tech m'ont laissées. Je plonge dans une profonde révérence.

– Mademoiselle, commence le roi, la reine m'a vanté vos qualités. En vérité, ce que dit ma femme a peu d'importance à mes yeux, précise-t-il avec goujaterie, mais c'est surtout mon ami, Jean-Baptiste La Quintinie, qui a fait un panégyrique en votre honneur. Sachez que je suis jaloux de vous qui partagez avec ce grand homme la connaissance des plantes, de leurs secrets et des sciences de la nature. À vous les passionnantes conversations sur les vertus des pointes d'asperges et des tiges de rhubarbe, à moi de fastidieuses lectures de l'ouvrage que mon ami prépare depuis de longs mois afin de promouvoir ses instructions pour les jardins fruitiers et potagers. Quoi qu'il en soit, soupire le roi, je ne désire pas de nouvelles drogues[10] aujourd'hui, mon estomac ne le supporterait pas, mais une simple apposition de vos mains dont on dit qu'elles font des miracles sur les maux disséminés dans le corps en son entier et que les médecins, ces ignares, ne savent qualifier. Tout cela restera bien sûr entre nous, je sais que mon confesseur n'apprécierait guère que j'aie affaire à ce genre de pratiques mais je souffre trop et n'ai plus aucune confiance en la médecine. Alors, s'il faut avoir affaire à des charlatans autant qu'ils soient du beau sexe. Quoi qu'en ce qui vous concerne, ajoute-t-il en me toisant de haut en bas, malgré les robes de soie dont vous a affublée ma femme, vous êtes toujours

[10] Matières premières d'origine végétale ou animale.

aussi austère, mademoiselle. N'avez-vous donc aucun galant à séduire ? insiste-t-il après quelques instants où il m'a inspectée sous toutes les coutures, augmentant mon trouble à chacun de ses regards ironiques. Rien ne peut vous dérider ou vous faire rire ?

– Sire, réponds-je en rougissant jusqu'à la racine de mes cheveux, lorsque je ris j'entends en écho le rire d'un misérable, d'un monstre qui m'a fait beaucoup de mal. À moi et aux miens, dis-je plus bas espérant que le roi n'entendra pas ces derniers mots.

– Je vois, les hommes vous ont fait souffrir, mais il ne tiendrait qu'à en rencontrer un qui saurait vous faire changer d'humeur. À moins que vous ne préfériez l'intime compagnie des personnes de votre sexe.

– Sire, c'est défendu par l'Église.

– Bien sûr. À ce propos, ne seriez-vous pas une des adeptes de la religion réformée, une parpaillots, ceux-là sont partisans d'une austérité révoltante qui vous ressemble bien ?

– Je suis née et mourrai catholique, Sire.

– Vous avez pourtant des amis protestants.

– Sire, je ne sais.

– Voyons, réfléchissez un peu. Voyez-vous, l'incident du parc, aura finalement eu du bon. J'ai pris quelques renseignements sur vous et me suis fait remettre le rapport vous concernant. N'auriez-vous point rencontré deux hommes, sur votre chemin pour rejoindre la reine, dans cette bonne ville de Montpellier ?

Voilà une question à laquelle je ne m'attendais pas ! Je baisse la tête pour cacher ma confusion devant ces remarques indiscrètes mais si pertinentes du roi. Comment l'a-t-il appris ? Les espions de Louvois, certainement. Ils sont partout.

Il y a quelques mois en effet, lorsque je suis arrivée à Montpellier, épuisée par les premières étapes de ce voyage insensé, inquiète de l'avenir qui m'était réservé à la Cour du roi de France et si triste de quitter mon pays, je suis montée directement dans la modeste chambre que l'aubergiste m'avait réservée.

Je m'étais à peine allongée sur mon lit, n'ayant pas encore délacé mes bottines ni retiré ma coiffe, qu'on est venu discrètement frapper à ma porte. Une soubrette s'y tenait et sans un mot me tendit une lettre.

À la vue des caractères griffonnés sur l'enveloppe, ma vue se troubla, mes mains se mirent à trembler et mes genoux se dérobèrent. La jeune servante se précipita pour éviter que je ne m'écroule et me porta sur ma couche. Là, je me remis rapidement de mes émotions et lui demandai de me laisser seule. Elle acquiesça, tout en me précisant qu'elle m'attendrait devant la porte de ma chambre.

J'avais reconnu l'écriture fine et élégante d'Estéban. Je fis sauter le cachet de cire rouge qui scellait la missive et la dépliai avec empressement. La lettre était longue et datée de mars 1671, soit quelques semaines après sa visite chez les Jaume, et avait été écrite juste avant son départ pour les Amériques.

J'ai depuis brûlé cette lettre comme il me l'avait recommandé, mais j'ai gardé en mémoire, mot pour mot, ses phrases écrites en français :

« Ma très chère sœur, lorsque tu liras cette lettre, c'est que tu seras sur la route pour la Cour du roi de France. Pour ma part, je serai loin, tombé sous la justice du roi ou parti aux Amériques. Ce qui importe, c'est que ceux à qui j'ai confié ce message qui t'est destiné te retrouvent, où que tu sois. Ne t'étonne pas, petite sœur, je veille sur toi.

Nos hommes sont partout, tu t'en rendras vite compte et le moindre de tes pas est surveillé.

Les deux amis qui t'ont fait remettre cette lettre ont étudié avec moi à la faculté de médecine.

Thomas Sydenham est médecin et anglais, il apprécie l'esprit ouvert de la faculté de Montpellier, à l'opposé de celle de Paris ou même de celles de Cambridge et d'Oxford dans son pays natal. Il a déjà publié une très fameuse méthode pour traiter les fièvres intitulée, comme il se doit en latin, Methodus febres curandi, *et j'espère avoir l'occasion de t'en reparler.*

Nicolas Lémery fait son apprentissage chez un maître apothicaire, Henry Verchant, chez qui je te demande de bien vouloir te rendre avec le porteur de cette missive. Nicolas est passionné par une toute nouvelle science, la chimie, et vante les mérites d'un enseignement large et ouvert à tous, fort éloigné des pratiques de mystères et de secrets préconisés par les alchimistes dont il cherche à se démarquer.

Retiens bien ces noms, ils pourraient un jour t'aider, mais la vie n'est pas facile non plus pour ces deux-là, alors sois bien discrète. Thomas doit sa tranquillité à sa notoriété et à son prestige, mais l'Anglois est un étranger qui peut craindre la jalousie d'un grand nombre de détracteurs. Lémery est un parpaillot et nul n'est sûr, en ce « bon » royaume de France, que le grand Louis tiendra les promesses faites par son grand-père, le roi Henri IV, qui assuraient la tranquillité aux catholiques comme aux protestants.

Tous deux m'ont convaincu, vu ma détermination à partir vers le Nouveau Monde, de les aider à faire quelques recherches pour la Science dans ces territoires encore si mal explorés. Je souhaite que tu les rencontres, Agnès, et qu'ils te remettent un document qui m'est très précieux. Je devrais dire qui nous est, à toi ma sœur et à moi-même, très précieux. »

Sans hésiter, je suivis la jeune soubrette jusqu'à notre lieu de rendez-vous situé à plusieurs rues de mon auberge.

La pièce où l'on m'introduisit était petite et sombre car située dans un sous-sol à l'abri des oreilles et des regards indiscrets. Elle était encombrée de livres disposés en tas à même le sol et de pots soigneusement rangés sur des étagères en bois de tilleul : pots en faïence colorée, pots de bronze pour les pommades ophtalmiques, pots d'argent ou de verre pour les sirops préparés à partir de plantes et d'eau sucrée et pots d'étain pour les autres pommades et les onguents. Un crocodile empaillé parachevait l'ensemble de la décoration de cette apothicairerie protégée par le traditionnel portrait de saint Côme, le patron des médecins porteur d'un urinal, et de saint Damien, le patron des apothicaires, muni de son pot à onguent et d'une spatule. C'était la première fois que je pénétrais ainsi dans l'antre de grands savants.

Les deux hommes m'attendaient, discutant avec passion autour d'une grande table en chêne.

Pendant une longue heure, ils m'expliquèrent leurs travaux, leurs espoirs dans les nouvelles sciences et la mission qu'ils avaient confiée à mon frère. Je leur demandai bien sûr s'ils l'avaient revu récemment, s'ils savaient où il se trouvait et surtout dans quel état d'esprit. Ils se contentèrent de secouer la tête pour me signifier leur ignorance.

Avant de me laisser partir, ils me remirent un dessin exécuté avec une pointe de fusain et qui représentait une douzaine d'hommes attablés à une table d'auberge. C'était, me dirent-ils, un document auquel mon frère tenait plus qu'à la prunelle de ses yeux et qu'ils avaient été chargés de me remettre.

L'œuvre était maladroite mais de bonne facture, certainement réalisée par une personne douée mais pressée. La position des corps et la reproduction des mains agrippées aux chopes étaient imprécises mais un soin particulier avait été porté aux visages, les traits des hommes étaient dessinés comme si on avait voulu graver leur souvenir pour l'éternité.

Il faisait sombre dans la pièce, je tombais de sommeil et devais me lever tôt le lendemain matin, je ne portai donc tout d'abord pas d'attention à ce dessin que je roulai et cachai sous ma cape de voyage.

Depuis, j'ai eu maintes occasions de le contempler afin de garder en mémoire, je ne sais par quel instinct, les traits de ces ivrognes attablés. La figure vulgaire d'un des hommes me met particulièrement mal à l'aise sans que j'en comprenne vraiment la raison.

Je m'interroge et m'inquiète plutôt sur les intentions de mon frère. Pourquoi me confie-t-il cette œuvre si importante à nos yeux ? Dans quelle intention a-t-elle été dessinée et par qui ? Qu'en fera Estéban lorsque je le reverrai, à la grâce de Dieu, et lui remettrai ?

Lui remettre ? J'ai failli oublier ! Ce modeste dessin m'a hélas été volé quelques jours avant l'assassinat de Blaise. Mon petit cabinet et mon coffre ont été visités, d'autres babioles ont disparu ainsi que des herbes qui m'étaient précieuses.

Je n'ai rien osé dire à la reine, craignant qu'elle punisse certaines de mes compagnes que je soupçonne fort car elles se moquent toujours de moi et jalousent les privilèges que m'a attribués ma maîtresse. Les ac-

cuser sans preuve serait pour moi l'assurance d'un féroce harcèlement par ces demoiselles qui cherche-
raient à se venger par tous les moyens, mais je me
promets de fouiller à mon tour dans leurs affaires,
lorsque l'occasion viendra.

Pour l'heure, le roi m'observe toujours, lissant sa
moustache, jubilant comme un gros matou qui vient
d'attraper une souris et qui la fait danser avec sa patte
aux griffes encore rétractées avant de la relâcher ou de
la croquer.

— Votre silence est votre aveu, mademoiselle. Ce
sont mes espions, ou plutôt les officiers des mousquetaires de monsieur Louvois, qui me renseignent ainsi.
Imaginiez-vous que je laisserais entrer le loup dans la
bergerie pour me faire égorger, même pour faire plaisir à ma très sainte femme, sans m'être au préalable
assuré qu'on lui a limé les crocs et arraché les griffes,
à moins que la nature ne lui en ait jamais fourni ? Rassurez-vous, mademoiselle, j'ai entendu beaucoup de
bien de ces hommes et m'intéresse tout particulièrement aux travaux de l'Anglois, ce Thomas… Ce Thomas…

— Sydenham, Sire, précisé-je avant de me mordre
la langue pour me punir d'avoir été si sotte et de parler si vite.

— Exactement ! J'ai conseillé la lecture de ses publications sur les fièvres récurrentes à mon incapable
de médecin, mais celui-ci lui voue une jalousie féroce
et va jusqu'à refuser d'utiliser cette fameuse plante, le
kina-kina ou quelque chose dans ce goût, dont ce Sydenham vante les vertus dans son dernier ouvrage. À
ce propos, connaissez-vous une certaine comtesse del
Chinchon ?

Telles sont les méthodes du roi : il va fouiller jusqu'au fond de mon âme et de ma cervelle, il m'embrouille et me soûle.

Que veut-il me faire avouer ?

CHAPITRE 6

– Non, Sire. Le devrais-je ?

Cette fois-ci, ma réponse est aussi prompte que sincère. Non, je ne connais pas la comtesse del Chinchon !

– Si vous aviez voyagé peut-être, mais au moins auriez-vous pu en entendre causer. Puis-je vous raconter une anecdote fort intéressante à son sujet ? Je crois qu'elle vous intéressera à plus d'un point.

– Sire, je suis à vos ordres, réponds-je en esquissant une profonde révérence.

Louées soient les règles de bienséance qui m'évitent de répliquer franchement au roi et me permettent de cacher le rouge qui vient de me monter aux joues. Je réussis à peine à maîtriser mon impétuosité car la comtesse del Chinchon, c'est d'elle, ou plutôt de sa miraculeuse guérison, que m'ont entretenu les amis de mon frère, ces deux hommes que j'ai rencontrés à Montpellier ! Le roi aurait-il aussi fait espionner notre conversation ?

Celui-ci se cale dans un fauteuil après que Bontemps lui a installé de gros coussins pour soulager son dos et glissé sous ses talons rouges un petit banc.

— En visite à Lima, la capitale du Pérou, dont le vice-roi était son époux, cette comtesse del Chinchon fut saisie de terribles fièvres. Grâce à un remède préparé par le *corregidor* à partir d'une écorce d'arbre, elle en fut rapidement soulagée.

— Qu'est-ce qu'un corregidor, Sire ?

J'espère flatter Sa Majesté en lui montrant mon intérêt pour son récit, et par là lui insinuer que c'est la première fois que j'entends l'histoire de la fameuse comtesse. Piètre tactique peut-être, mais mon cerveau est embrumé et mes idées s'entrechoquent.

— C'est le nom que l'on donne dans ce pays au premier magistrat de leurs villes. Cet homme avait reçu ce remède de la part d'un indigène en remerciement de bienfaits qu'il lui avait accordés. L'histoire de la découverte même de ce remède par les Indiens est assez plaisante.

Le roi se frotte le visage avec la toilette fraîche que Bontemps a déposée à ses côtés. Les fièvres ne l'ont pas encore totalement lâché !

— On raconte qu'à la suite d'un tremblement de terre, un grand nombre d'arbres tombèrent dans un ruisseau, leur unique source de boisson aux alentours. L'eau devint si amère qu'ils refusèrent d'en consommer davantage et préférèrent parcourir des lieues pour se désaltérer plutôt que de boire ce breuvage souillé. Or l'un d'entre eux, souffrant de terribles fièvres et incapable de se tenir sur ses jambes, mourant de soif, se résigna à consommer cette infâme potion. À sa plus grande surprise et celle de ces sauvages, il se sentit fort mieux dans les heures qui suivirent car la fièvre disparut.

— L'intelligence de ces hommes, me permets-je d'intervenir, a été de reconnaître ce miracle et d'oser administrer cette potion amère à ceux d'entre eux qui souffraient de fièvres similaires. Ceux que vous qualifiez, Sire, de « sauvages » avaient développé, à ce que l'on m'a dit, une civilisation qui avait atteint un raffinement tel que leurs villes auraient pu sans rougir se comparer à Versailles.

— Encore une fois, si vos talents sont à la hauteur de votre insolence, je pourrais presque me faire à votre minois chagrin.

— Sire, ce ne sont que des faits que mon précepteur m'a enseignés.

— Savant homme, approuve le roi. Ce corregidor envoya au médecin de la comtesse, reprend-il, une poudre que le comte fit tout d'abord absorber devant lui par son garde du corps, ce que celui-ci fit sans aucun mal. Sa guérison miraculeuse dûment constatée, la comtesse fit distribuer autour d'elle de l'écorce pour soigner les malades, les miséreux et les plus faibles, d'où le nom donné à cette drogue : « poudre de la comtesse ».

— Belle histoire, Sire, assurément.

— Ne vous méprenez pas, mademoiselle, les largesses, je devrais dire les « faiblesses », d'une pauvre femme épuisée par les fièvres attrapées sous ces horribles climats ne m'émeuvent pas ! Écoutez plutôt la suite. La poudre fut envoyée en Espagne, puis à Rome et finit par arriver en France entre les mains de Mazarin.

— Votre parrain ?

Cette fois-ci, je m'étonne réellement, je n'étais pas au courant de ce détail.

— Celui-là même, le digne serviteur qui négocia mon mariage avec l'infante d'Espagne, la victime de ces stupides pamphlets[11] où l'on se moquait de son goût du luxe et qui l'obligèrent à s'exiler à deux re-

---

[11] Les mazarinades.

prises. Je souffrais déjà de fièvres récurrentes et la poudre me fut administrée malgré mon jeune âge, rebaptisée pour l'occasion « poudre des Jésuites ».

— Que se passa-t-il alors ?

— Je fus soulagé de mes fièvres, mais la faculté de médecine, en la personne de son doyen Guy Patin, n'approuva pas la distribution de cette poudre et s'y opposa fermement. Que je souffre semblait peu leur importer ! Le 30 août dernier, cet honorable incapable est mort et avec lui, je l'espère, l'obscurantisme qui sévit à la faculté, bien que sur ce point, soupire le roi, je crains que mon médecin, monsieur Daquin, n'ait rien à lui envier. Il est grand temps de pouvoir profiter de cette poudre et je compte sur cet Anglois, ce Thomas Sydenham que vous avez rencontré à Montpellier, pour m'y aider.

— Sire, je peux vous assurer qu'il ne s'agissait là que d'une visite de pure courtoisie.

— À d'autres, ma chère, ricane le roi, je pense plutôt que vos connaissances en matière de médecine sont si grandes qu'un homme tel que cet Anglois désire vous consulter.

Je ne sais que répondre. Ainsi c'est ce que souhaite le roi : se servir de moi comme intermédiaire pour rencontrer Sydenham. Quant à mes connaissances en matière de médecine, le roi me flatte fort mal à propos, il ne s'agit que d'un certain don de guérisseuse et d'une assez bonne connaissance des plantes. Mais si je l'en dissuade, je risque d'attirer l'attention sur mon frère.

Le roi poursuit son récit.

— Londres, tout comme Versailles, est une ville entourée de marais et de marécages où la fièvre exerce ses ravages. Cromwell, qui gouverna ce pays jusqu'à

son décès, en est mort. Mais ce peuple de vils angli-
cans, opposés au pape, ne veut pas entendre parler de
cette poudre des Jésuites. Seul et contre tous, ce qui
mérite mon respect et mon attention, ce Thomas Sydenham soutient son emploi et a même osé publier
une note à ce sujet[12] qui a été lue et appréciée, m'a-t-
on assuré, par son roi, Charles II. J'aime à savoir ce
que font les autres peuples, amis ou ennemis, il y a
toujours quelque chose de bon à prendre. De surcroît,
l'homme a eu l'excellente idée de venir étudier la médecine dans mon royaume. Je veux le rencontrer, en
cachette de mes médecins officiels bien entendu, j'en
ai assez de leur incurie, mais l'homme s'esquive et
ignore mes messagers. Il le regrettera !

– Je ferai mon possible, Sire.

– On m'a également parlé d'un dénommé Talbor,
un de ses compatriotes dont on dit qu'il monnaye avec
succès un médicament miracle, fort efficace lui aussi
contre les fièvres.

Talbor ? Un charlatan, m'a confié Thomas Sydenham qui semble lui vouer une haine mortelle, dont
on doit cependant reconnaître le génie de bonimen-
teur car, de simple commis chez un apothicaire de
Cambridge à qui il a volé secrets et méthodes, il commence à se faire apprécier à Londres, jusqu'à la Cour.
Mais son discours est du vent et cet homme est dangereux ! Sydenham souhaite définitivement le
confondre.

Quel jeu joue Sa Majesté, elle qui est si bien renseignée ? Et à mon tour, à quelle partie dois-je me
mêler ?

Il faut que j'avertisse Sydenham que le roi cherche
à le rencontrer et que tout refus de sa part pourrait
être très mal interprété. Dois-je informer le roi qu'il

---

[12] *Method for Curing the Fever.*

fait fausse route avec cet escroc de Talbor ? Mais cela prouverait que j'en sais déjà beaucoup. Je ne peux en aucun cas, sans risquer d'attirer l'attention sur mon frère, lui avouer ce que les deux hommes de Montpellier m'ont confié. Sa Majesté ignore-t-elle donc que nul colon ne peut affirmer d'où vient l'arbre aux écorces miraculeuses ? Cette ignorance est la porte ouverte aux tromperies, aux charlatans et aux escrocs.

Les Indiens voulaient préserver leur pouvoir et ont gardé pour eux ce secret. Les *cascarillos*, ainsi que les Espagnols nomment les indigènes qui récoltent ces morceaux de bois et les troquent, sont restés muets, même sous la torture. L'homme qui a fourni la drogue au corregidor n'a pas trahi ses lois car il n'a jamais montré l'arbre ni même indiqué où on pouvait le retrouver.

Sydenham et Lémery m'ont expliqué la mission de mon frère aux Amériques : suivre les Indiens, les approcher, les apprivoiser ou acheter leur silence pour retrouver l'arbre à l'écorce miraculeuse. Ainsi garants de l'origine de la drogue, rien ne leur sera plus facile alors que de prouver les falsifications et les tromperies des escrocs comme ce Talbor.

Ironie du sort : mon frère est parti à la recherche d'une plante qui pourrait sauver le roi de France, son pire ennemi, ou tout du moins le soulager des fièvres qui le harcèlent. Que sait le roi à ce propos ? Quelle est cette étrange partie de dupes ?

— Voilà, mademoiselle, ce que je voulais vous confier, intervient soudain Sa Majesté, étonnée par mon silence. Je pense que vous avez saisi mon message. Certes, je pourrais forcer cet Anglois à collaborer sous la menace, mais je craindrais alors qu'il me prescrive un poison plutôt qu'une potion. Mademoiselle, vous ne serez cependant pas venue pour rien, et tripotez-moi donc la base du cou pour me soulager de ces douleurs qui font toujours suite à mes fortes fièvres et qui m'élancent dans tout le corps.

— Je suis à votre service, Sire, bien que d'ordinaire j'utilise quelques huiles qui…

— J'ai ici de l'huile d'amandes fraîches qui devrait vous satisfaire.

— Oui, Sire, admets-je en m'approchant.

Le roi se lève et aidé de Bontemps se vautre dans sa couche royale. Il me désigne une fiole en verre placée sur un tabouret au pied de son lit. Elle contient un liquide jaunâtre dont je vérifie l'aspect et la limpidité en le faisant tournoyer devant la flamme d'une chandelle. J'ouvre le flacon et en hume le bouchon : l'odeur sucrée et dépourvue d'amertume de l'amande douce me rassure. Je fais alors couler quelques gouttes épaisses dans ma paume droite puis repose avec précaution la petite bouteille. Je frotte mes mains l'une contre l'autre, insistant sur la jointure des doigts, les yeux fermés pour mieux me concentrer.

Le roi a ouvert sa chemise pour mieux dégager son cou, comme un condamné à mort.

Je suis mal, mes mains tremblent.

Je pose mes paumes sur les épaules royales et commence à y exercer quelques pressions, douces puis de plus en plus marquées au fur et à mesure que les tendons se relâchent sous la pression de mes doigts.

— Vous cachez bien votre jeu, mademoiselle, j'en ferai cas une prochaine fois, et croyez-moi je m'y connais en donzelles, ironise Sa Majesté. Il y a dans vos doigts plus d'ardeur et de violence que je n'en ai souvent rencontré et que le reste de votre physionomie ne révèle guère.

Mes mains tremblent et mon cœur s'emballe. Il est des provocations que je ne supporte pas, même venant d'un roi.

Je suspends mes frictions pour quelques instants, le temps de contempler mes mains et d'y revoir le sang qui les souillait lorsque je suis tombée au bord de la rivière.

Mes paumes reprennent leurs caresses autour du cou du roi qui ferme les yeux de béatitude. La sueur coule entre mes omoplates.

Je serre un peu plus fort mes doigts.

– Tout doux, mademoiselle, tout doux, s'exclame le roi en se redressant pour repousser mes mains. Est-ce ainsi que vous traitez la reine ? Je n'ai pourtant pas eu l'occasion de lui retrouver des ecchymoses sur le corps.

– Sire, intervient alors Bontemps en s'approchant, Molière, que vous aviez mandé, vient d'arriver.

– Il est vrai. Faites-le entrer. Inutile de remettre ma perruque. Restez ma demoiselle, m'ordonne-t-il, ce que j'ai à dire à ce cher Molière vous intéresse également.

– Sire, vous me prêtez des qualités dont je ne suis pas digne.

– Taisez-vous. Vous n'avez pas le choix. Vous devez m'aider, ces crises ne doivent pas altérer la santé ni le jugement du roi de France. Je pardonnerai et donnerai beaucoup pour ces remèdes, mais je serai aussi impitoyable envers ceux qui me trahiront.

Je dois être plus blanche qu'un linge de baptême.

Et si Estéban avait déjà été serré par les espions du roi et soumis à la torture ?

CHAPITRE 7

— Votre Majesté, on vient de m'informer que vous souffriez, ce n'est peut-être pas l'heure de vous importuner.

C'est un homme épuisé par une mauvaise toux que les médecins ne peuvent pas soulager, harcelé par les soucis, acculé par les dettes, qui vient d'entrer dans les appartements du roi en faisant moult ronds de jambe et respectueuses révérences.

C'est aussi un être mortifié par l'indifférence d'Armande, sa jeune femme âgée de vingt ans de moins que lui, et par la disparition, il y a peu de temps, de leur nouveau-né. Le récent décès, à la suite d'une longue maladie, de Madeleine Béjart, la mère d'Armande mais aussi son ancienne maîtresse, celle pour laquelle il a choisi de se consacrer au théâtre, l'a également beaucoup affecté.

Molière se demande-t-il lui aussi pourquoi le roi l'a convoqué ? On raconte que ses dernières pièces n'ont que modérément plu à la Cour. S'il perd son crédit auprès de son protecteur, il devra reprendre la route avec sa troupe et il n'en a plus le courage.

Il ne ménage pourtant pas sa peine, travaillant jour

et nuit, usant sa santé, méprisant les jaloux et ceux qui n'hésitent pas à le critiquer sévèrement et même à monter des cabales contre lui. Un jeune théâtreux, Racine, est en train d'obtenir les faveurs du roi. Molière redoute le pire.

Sa Majesté fait des grands gestes pour lui intimer l'ordre de s'approcher.

— Approchez, mon bon Molière, approchez donc. Vous pouvez disposer, Bontemps, dit-il en chassant d'un geste de la main son fidèle valet. Je sais les nombreux soucis qui vous accablent actuellement, mon cher ami, mais vous le savez, les enfants comme les femmes vont et viennent. Il ne faut pas s'encombrer l'esprit, encore moins la mémoire, et laisser tout cela parfaitement libre, frais et dispos. Surtout pour vous, mon ami. Votre santé me paraît pitoyable. Je vous entendais tousser lors de votre dernière représentation. Vos acteurs avaient beau hausser le ton, pousser de petits cris qui ne devaient pas être inscrits dans le livret, vos expectorations étaient celles d'un moribond. Je sais que vous ne voulez voir personne et que vous direz pour me faire rire : « Que voulez-vous faire de tous vos médecins, n'est-ce pas assez d'un pour tuer une personne ? Je ne mourrai pas d'une fièvre et d'une fluxion sur la poitrine mais de quatre médecins et de deux apothicaires. »

— Sire, vous attachez trop d'importance à ma santé qui est en réalité fort bonne, mais il est vrai que certains soucis…

— Allons, mon ami, que me préparez-vous donc ? Votre dernière pièce, *Les Femmes savantes*, m'a beaucoup plu et madame de Sévigné, dont vous connaissez la pertinence, en a dit beaucoup de bien.

— Je vous en remercie, Sire, répond Molière soulagé par les compliments du roi.

– Décidément oui, j'ai bien ri à votre pièce. Ainsi quand vous faites dire par exemple à Chrysale[13] :

« Les femmes d'à présent sont bien loin de ces mœurs :
Elles veulent écrire et devenir auteurs »,

j'ai jeté un regard en coin sur mon assistance. La comtesse de La Fayette se tenait là. Savez-vous qu'elle a fait paraître anonymement un livre[14] que je n'ai pas lu mais dont je n'oserais jamais infliger la lecture à un seul de mes ministres ?

– Si je peux me permettre, Sire, je pense que les écrits de la comtesse méritent d'être étudiés, et malgré la critique que j'ai pu porter à certaines pédantes qui mettent la grammaire avant tout autre qualité, je dois reconnaître que cette dame a un talent certain.

– Vous m'étonnez mon cher, mais soit. Enfin, j'ai surtout apprécié votre sonnet à la princesse Uranie sur sa fièvre[15] déclamé par ce ridicule Trissotin :

« Votre prudence est endormie,
De traiter magnifiquement
Et de loger superbement,
Votre plus cruelle ennemie.
Faites-la sortir, quoi qu'on die,
De votre riche appartement
Où cette ingrate insolemment
Attaque votre belle vie. »

– Sire, vous êtes trop bon. Sachez que pour mieux connaître ces pédants et ces pédantes qui se gargarisent de sciences et de belles-lettres et dédaignent ce qui n'est pas intellectuel, j'ai visité des salons littéraires des plus intéressants mais le dernier en date, qui fait fureur à Paris depuis quelques semaines, est le plus singulier. Il se tient dans les caves d'une maison portant l'enseigne de *La Porte dorée*, rue Galande[16]. Un dé-

---

[13] Acte II, scène VII.
[14] Ce roman publié anonymement en 1662 est *La Princesse de Montpensier*. Son roman le plus célèbre, *La Princesse de Clèves*, sera publié en 1678.
[15] Acte III, scène II.
[16] Rue du Ve arrondissement de Paris, près de la place Maubert.

nommé Nicolas Lémery y donne des cours pour dévoiler les secrets de la chimie. Les dames qui s'y pressent aiment à y jouer les femmes savantes certes, mais l'homme présente une grande ouverture d'esprit qui m'a beaucoup séduit.

En entendant ce nom, je frémis. Rue Galande ? Il faut que je retienne cette adresse. Ainsi Lémery est maintenant à Paris. Sydenham l'a-t-il suivi ? Et mon frère ?

– Nicolas Lémery, dites-vous ? Je crois avoir entendu parler de lui. Un adepte de la religion réformée, un protestant, mais un homme brillant cependant. À surveiller assurément, ajoute le roi.

– Il a fait ses études à la faculté de Montpellier, il bannit les secrets pour ne pas être confondu avec les alchimistes et est ouvert aux idées nouvelles. Je vous conseille de le rencontrer, Sire. Voilà qui vous réconcilierait avec les sciences et la médecine.

– Le faire débattre avec nos Diafoirus attitrés, voilà qui aurait de l'intérêt. Pour peu que l'homme ait quelques idées intéressantes sur le traitement des fièvres, je vous augmente votre pension sur-le-champ.

– Sire, voilà un argument qui me touche. Quant à ce nom de « Diafoirus », je compte bien l'utiliser pour nommer ainsi les médecins ignorants et prétentieux de la comédie que je vous prépare.

– Cela sera comme un signal entre nous, une connivence, et j'en rirai encore plus. Pour en revenir à votre dernière pièce, reprend Sa Majesté, il y a pourtant…

– Pourtant, Sire ?

Ça y est, le mot est lâché. Molière a perdu toute son assurance et attend le coup de grâce. Le roi n'est pas pressé. L'artiste, comme les autres, dépend de son bon vouloir. Le roi sait qu'il le fait souffrir, mais peu lui importe.

J'ai mal pour cet homme dont j'admire le courage et apprécie l'œuvre. C'est certainement grâce à lui que j'ai appris le français sans difficulté. Il me fait pitié. Sa Majesté est décidément sans indulgence.

Ce n'est pas à cause de ses poumons ni de ses boyaux que cet homme dépérit, mais bien pour raisons d'amour. Peut-être est-ce pour cela qu'il écrit si bien. C'est aussi pour cela que je n'aimerai jamais ! À part ma Suzon, mais cela ne sera jamais la même chose.

– Pourtant, explose le roi, des coups de pied dans les fesses, des cocus, des innocentes séduites, des bouffonneries, voilà ce qui me plaît vraiment ! Molière, j'aime lorsque vous me faites rire mais il y a beaucoup de gens malintentionnés qui rôdent autour de vous, et je vais bientôt ne plus pouvoir contenir ces loups féroces qui veulent vous tailler en pièces. Votre *Tartuffe* avait déjà fortement déplu et ce en plus hauts lieux. La pièce a été très vite interdite sous la pression des dévots dont je ne partage pas l'avis mais dont je dois prendre en compte l'opinion. On vous a accusé d'impiété et de vouloir donner une mauvaise image des fidèles.

– Je le sais, Sire, et j'ai dû écrire une nouvelle pièce dans les meilleurs délais pour faire vivre ma troupe.

– Votre *Dom Juan* ne vous a pas amendé et ce *Festin de pierre*, ainsi que vous l'aviez nommé, m'a valu de nouveau les plus terribles reproches de tout mon clergé. Ils n'ont rien oublié et je ne vais bientôt plus pouvoir vous protéger, Molière. Faites attention. On vous juge grossier et immoral, mais je vous propose de vous rattraper.

Le roi grignote quelques amandes grillées, se sert un verre de vin doux sans en offrir à son hôte ni même lui proposer un siège. Il a tout son temps. Il se décide enfin à donner quelques explications.

– Il y a une race d'hommes dont j'aime tout particulièrement que vous vous moquiez.

– Je crois deviner, Sire.

– Les « empoisonneurs ». Je sais que vous partagez mon aversion pour ces gens-là. Ceux qui ont laissé mourir votre mère lorsque vous n'aviez que dix ans. Ceux qui ne savent pas sauver nos petits, ni soulager mes fièvres.

– Sire, j'ai déjà écrit plusieurs pièces sur ce thème qui m'ont également valu beaucoup de reproches.

– Pas de moi ! J'ai beaucoup aimé votre *Médecin volant*, une de vos toutes premières comédies. Je ris encore en évoquant votre monsieur de Pourceaugnac, une de vos comédies-ballets des plus réussies. Et sachez que si je garde le sinistre Daquin à mes côtés, c'est uniquement parce que je sais qu'il vous sert de modèle. Je connais toutes ses ficelles. Et lorsqu'il me prescrit un clystère ramollient pour me rafraîchir les entrailles ou un lavement détersif pour me décaper les parois, avec du séné et de la rhubarbe pour nettoyer le bas-ventre, et puis un julep à la valériane pour dormir comme un bébé, et aussi, pour évacuer la bile et chasser les vents et les mauvaises humeurs, quelques gouttes de sirop d'anis, eh bien je pense à vous. Et cela me fait rire. Notez ceci, Molière, cela pourra vous aider pour une de vos prochaines comédies où vous mettrez en scène quelques barbiers et médecins charlatans. Vous m'enroberez ce discours de quelques pantalonnades comme vous savez si bien le faire et je vous prédis un succès dont on se souviendra longtemps.

– Sire, vous avez parfaitement raison, acquiesce Molière en s'inclinant avec respect devant son roi. Alors, me laisserez-vous dire que si ces médecins savent de belles humanités, parler en latin et en grec, nommer les maladies, les classifier, ils ne savent point les guérir mais qu'ils n'oublient pas de vous extorquer votre argent ?

– Allez-y. Ajoutez qu'ils ne connaissent rien aux drogues et que les hommes meurent de leurs remèdes et non de leurs maladies. Notez encore cela, Molière, cela vous servira.

– Je prends note, Sire, et je suis entièrement à votre disposition.

– J'y compte bien ! Mademoiselle ici présente, une des demoiselles d'honneur de la reine, a une grande connaissance des plantes et je pense également du genre humain. Elle pourrait vous donner quelques références.

Il n'a pas le temps de poursuivre, Bontemps, après avoir frappé quelques coups secs à la porte, vient de se précipiter dans les appartements royaux. Il calme son souffle en portant sa main à la poitrine et le plus dignement possible s'exclame :

– Majesté, madame de Montespan se meurt !

– Déjà ? s'étonne ironiquement le roi. Qu'elle vienne donc dans mes appartements, je lui ferai donner l'extrême-onction !

C'est une furie, bien loin de la mourante annoncée par Bontemps, qui pénètre en coup de vent dans les appartements royaux.

Malgré sa nouvelle grossesse, elle a couru dans les escaliers qui mènent aux appartements royaux, et la couleur rouge vermillon qu'elle a largement appliquée sur ses joues est rehaussée par l'effort qu'elle vient de produire. Suzon lui a fait profiter sans aucun doute de ma nouvelle préparation à base de fleurs de carthame et de talc que j'ai mise au point il y a quelques jours.

La Montespan semble bouleversée, les yeux hagards, le souffle court. Quel beau rôle de composition à n'en pas douter ! Elle a relevé ses cheveux de chaque côté de ses tempes en grosses boucles. C'est la coiffure à la hurluberlu dont elle vient de lancer la mode à la Cour. Madame de Sévigné, qui ne l'apprécie que modérément, lui trouve « une tête de chou », et la comparaison est plutôt appropriée.

Comme à chaque fois qu'elle vient voir le roi en dehors de tout cérémonial, elle porte un de ses déshabillés qu'elle affectionne car ils lui sont fort utiles pour dissimuler ses grossesses et son petit embonpoint que sa gourmandise favorise.

Sans même accorder un regard à Molière ni à moi-même, elle se jette au pied du lit de Sa Majesté.

– Sire, je me meurs. Je souffre de terribles maux de ventre.

– Encore ? N'auriez-vous point encore abusé, ma chère, de ces délicieuses pâtisseries dont vous encombrez votre boudoir. Il est vrai que votre haleine est plutôt repoussante, ajoute-t-il en se reculant avec horreur du charmant visage de sa maîtresse. On dirait que l'on vient de rouvrir le caveau de tous mes ancêtres. Souffririez-vous d'un quelconque embarras de l'estomac ? Qu'avez-vous donc mangé ?

– De l'ail peut-être, répond-elle hésitante.

– Oh, ma chère ! La fragrance de ce bulbe ne repousse pas que les diables. Je dirais que votre haleine est plus proche d'une fosse à purin.

– J'ai peut-être abusé de ces délicieux gâteaux ronds, des macarons ainsi qu'on les nomme je crois, suggère la jeune femme, vexée par les propos du roi. Mes préférés sont ceux qui exhalent une délicieuse odeur d'amandes amères lorsqu'on les croque du bout des dents. Cela me rappelle ma toute première enfance lorsque je préparais des confitures d'abricot avec ma nourrice et qu'elle cassait des noyaux pour en extraire l'amande que je lui substituais et croquais en cachette.

– Ma chère, vous aviez de belles dents alors.

– Insolent, lui répond-elle en lui tapant le nez de son éventail. J'ai toujours d'excellentes dents.

– Certes, du moins savez-vous toujours mordre, mais qui vous a offert ces macarons ?

La Montespan hésite. Elle jette un regard inquiet vers Molière, mais celui-ci s'est discrètement retiré vers le fond de la chambre, dans un coin obscur d'où il peut observer la comédie et la juger en professionnel.

– Qui est cette noiraude ? dit-elle pour détourner la conversation en me désignant avec arrogance du bout de son éventail.

– Ne reconnaissez-vous pas sous cette belle robe de soie, les yeux brillants et les joues enflammées d'un jeune singe savant qui vient de toucher son roi ? Cette fille est espagnole, mais le cache parfaitement car elle parle le français à la perfection. C'est une des demoiselles d'honneur de ma femme qui apprécie ses talents. Je ne vous dis pas lesquels car vous seriez capable d'en être jalouse et d'en faire mauvais usage. Sachez cependant qu'en ce qui concerne les caresses, elle pourrait vous en montrer qui ne me laissent pas indifférent.

Que n'ai-je serré plus fort ! Une bonne fois pour toutes ! La Montespan me lance maintenant des regards meurtriers. Comment ma Suzon peut-elle la supporter ? Et « espagnole » ! Ne se rappelle-t-il donc plus qu'il nous a négociés et que les ruines de ma maison natale sont situées sur le territoire de son royaume ?

— Qui vous a offert ces macarons ? répète le roi avec insistance.

— Une de mes demoiselles d'honneur, à moins que ce ne soit l'une de celles de la reine, je ne sais plus très bien, bafouille la Montespan troublée.

— Une bien laide alors, dépourvue de ces beaux appas qui pourraient régaler mes yeux. On raconte qu'en raison de votre jalousie qui n'a pas de bornes vous souhaitez supprimer la présence de ces demoiselles ?

La Montespan rougit violemment et répond d'un air pincé.

— Si vous plaisantez, Sire, je trouve vos galéjades déplacées et fort désagréables.

Le roi n'en a pas fini de la harceler avec goujaterie, mais cette putain qui détourne Sa Majesté de ma maîtresse ne mérite, à mes yeux, aucune considération.

— Votre teint a la perfection de la cire mais également sa couleur, celle que l'on retrouve dans les chapelles mal éclairées. Décidément, ma chère, il est vrai que vous n'avez pas l'air d'aller si bien.

— Eh bien, Sire, bégaie la Montespan qui ne sait plus si le roi se moque encore ou si elle porte réellement les stigmates de la maladie, je ressens effectivement le matin comme un peu de chaleur qui me prend entre les omoplates et me remonte vers les tempes en serrant très fort.

— Si je ne connaissais votre anatomie sur le bout

des doigts, je serais en droit de m'étonner de votre conformation à la suite d'une telle description, s'esclaffe le roi trop heureux d'avoir piégé la belle à son petit jeu. Je vous recommanderais bien une poudre que m'a concoctée Daquin. Sur vos conseils je crois, ajoute-t-il ironiquement.

— Une poudre de Daquin ? Sûrement pas ! rétorque la Montespan.

— Vraiment ?

Le ton du roi est cinglant.

— Elle calmerait cependant vos tremblements.

La Montespan ne répond pas. Elle se contemple dans un miroir en pied placé à quelques pas du lit du roi, se rapproche pour mieux observer son visage, se recule de quelques pas afin de se regarder de profil.

— Le matin quand je me lève, poursuit-elle comme si elle se croyait seule, j'ai parfois le bout des doigts un peu bleu. Je suis gonflée comme une outre, mes femmes de chambre ont du mal à lacer mon corset ou à enfiler mes bagues. Par contre, admet-elle pour se rassurer, j'ai une peau éclatante, des joues rebondies, aucune ridule autour de mes yeux qui ont gardé tout leur éclat. Quand Sa Majesté me pince les hanches cela laisse des traces et cela l'amuse. J'ai été incommodée cette nuit par les mets que j'ai consommés hier au soir, sans aucun doute. J'y pense maintenant, ajoute-t-elle en s'adressant cette fois-ci au roi, c'est un jeune jardinier du potager de monsieur La Quintinie qui est venu nous offrir des fruits il y a quelques jours et dont j'ai dû abuser. Ils étaient très certainement avariés.

— Vraiment ? feint de s'étonner le roi. Voilà votre mystère résolu. Mais voyez-vous, ma chère, je travaillais avec monsieur Molière.

— Je vous laisse, Sire, s'empresse de répondre la

jeune femme, j'ai d'ailleurs fort à faire.

Et avec le même empressement qu'elle avait mis à entrer chez le roi, elle quitte la pièce en bousculant Bontemps qui a le malheur de se trouver sur son chemin. Le regard mauvais que celui-ci lui lance devrait pourtant l'inciter à avoir plus d'égards pour ce fidèle serviteur qui ne semble pas la porter dans son cœur.

CHAPITRE 8

Dès que la jeune femme s'est éloignée de quelques pas, le roi, par gestes, ordonne à Molière de se rapprocher de son lit. Il est épuisé car la fièvre semble avoir repris des forces.

Quant à moi, je préfère me reculer vers le coin le plus à l'écart de la pièce pour que l'on m'oublie.

Bontemps se précipite pour apporter du linge propre et tamponner le front du roi mais celui-ci le repousse avec agacement.

— Laissez-nous, Bontemps, je voudrais discuter avec monsieur Molière. Attendez, se reprend-il soudain, arrangez-vous pour vous introduire dans les appartements de madame de Montespan, assurez-vous qu'elle n'a pas encore dévoré toutes ses friandises et ramenez-moi les boîtes de ces macarons qui traînent dans son boudoir.

Le ton du roi est sans appel, l'homme n'a qu'à obéir sans discuter.

— Alors, qu'en pensez-vous ? questionne-t-il avec anxiété dès que son valet s'est éloigné. L'engageriez-vous dans votre troupe pour y tenir un rôle dans l'une de vos pièces ?

— Les yeux fermés, Sire, ironise Molière, c'est une excellente comédienne.

— C'est bien ce que je craignais, soupire le roi en se recalant dans ses oreillers d'un air las. Elle ment comme elle respire et ferait condamner sa propre mère pour sauver ses intérêts. Si vous aviez pu voir son regard lorsque le corps de ce jardinier a été découvert : empli tout à la fois de convoitise et d'effroi. La Quintinie me l'a confirmé, elle avait déjà dû rencontrer ce jeune homme car il l'envoyait souvent livrer des fruits dans ses appartements. Il était toujours volontaire pour y retrouver sa galante, une des servantes d'Athénaïs, je suppose. Laquelle ? La Quintinie l'ignore. Quant à ces macarons qui exhalent l'amande amère à plein nez, ce sont de vrais poisons. C'est du moins ce qu'il m'a expliqué l'autre jour en me faisant renifler une poignée de feuilles de laurier-cerise froissées qui dégagent une odeur similaire. Ces feuilles pourraient empoisonner une partie de ma garnison, alors qu'elles ressemblent comme deux gouttes d'eau à l'excellent laurier-sauce dont je raffole tant dans le ragoût.

— Sire, je savais que vous aimiez travailler à la confection de remèdes dont vous gardez secrète la composition, mais votre science m'impressionne, s'exclame Molière.

— L'odeur est un élément essentiel pour découvrir un poison, un mauvais principe n'est pas toujours associé à une odeur désagréable mais le contraire est également vrai, poursuit le roi avec emphase. Certes, croquer un ou deux macarons ne devrait guère importuner ma mie, mais comme chacun le sait sur la place de Paris, cette coquine est si vorace qu'elle pourrait rapidement dépasser la dose.

— Et comme le disait Paracelse, c'est la dose qui fait le poison, surenchérit Molière.

— Cette citation mériterait de faire partie de votre prochaine œuvre, applaudit le roi.

— Merci, Sire, je suivrai votre conseil. Quant à madame de Montespan, je pense qu'elle sait mieux manipuler les poisons que vous ne l'imaginez. J'en tiens pour preuve...

Molière s'interrompt brusquement en se mordant les lèvres. Après tout, c'est de la maîtresse du roi qu'il parle et même si celle-ci n'a pas encore été légitimée, la faveur de Sa Majesté pour la jolie blonde est maintenant connue de tous.

Le roi se redresse sur ses oreillers.

— Vous en tenez pour preuve ?

— Eh bien, Sire, bafouille Molière, elle possède à merveille certaines des techniques qui sont par ailleurs celles des artistes, des comédiennes en particulier.

— Et encore ? gronde le roi.

— Celles-ci ont, par exemple, pour habitude d'instiller quelques gouttes d'extrait de belladone dans leurs yeux. Cela leur écarquille le noir de l'œil et leur donne un air égaré du meilleur effet. Mais les baies de cette plante sont également mortelles, ajoute-t-il enfin après quelques secondes de silence embarrassé.

— Où aurait-elle trouvé cette belladone ? s'inquiète le roi.

— Sire, tout le monde sait à peu près ce genre de chose.

Molière hésite, tergiverse. Mais le silence du roi est clair : il en a trop dit et doit donner de plus amples explications.

— Tout bon apothicaire peut en fournir à moindre prix. Il faut bien sûr en préciser l'usage, mais la coquetterie des femmes exige parfois qu'elles usent d'artifices pour plaire aux hommes. Par ailleurs, j'ajouterais, Sire, si vous me le permettez...

Le roi a un mouvement de la main agacé, comme pour dire : poursuivez, poursuivez et achevez-moi.

– Qu'à la belle saison, dans le parc du château de Versailles, très exactement derrière le labyrinthe que monsieur Le Nôtre a eu le génie d'édifier...

Tous ces détails agacent le roi qui s'agite sur ses oreillers.

– Il y a un coin tranquille où quelques beaux spécimens prospèrent. Je ne jurerais pas que leur usage premier soit d'aider à mimer les vapeurs ou de donner aux femmes de la Cour une expression qui sied aux hommes, mais plutôt que dans quelques arrière-boutiques se préparent des élixirs et des potions à vocation beaucoup plus sournoise.

– Dans mon parc ? Mais c'est scandaleux ! vocifère le roi.

– Dans votre parc, Sire, et comme empoisonneuse il n'y a pas que la belle-dame que l'on puisse rencontrer au détour d'un bosquet.

Molière esquisse une profonde révérence comme pour excuser l'outrecuidance de ses propos qui ont fait monter le rouge de la fureur aux joues du roi. Mais il poursuit sur sa lancée.

– Tout comme Sa Majesté a le désir de rédiger un guide du parc à l'usage des visiteurs pour les initier à vos parcours favoris[17], je pourrais publier la carte des poisons. À trois pas du bassin d'Apollon, par exemple, de magnifiques pieds de ricin aux grappes de fruits d'un rouge flamboyant mais dont les graines, soigneusement pilées et dispersées dans l'eau de boisson, pourraient infliger à la totalité de votre garde person-

---

17 Ce qu'il fera en 1689.

nelle une diarrhée saignante qui la mettrait dans l'incapacité de vous porter le moindre secours.

– Dieu m'en garde et me préserve de tels maux.

– À cent pas à l'ouest du chantier du Trianon, il y a un bosquet d'ifs.

– L'if ? Mes jardiniers en plantent quasiment à chaque allée.

– Certes, mais saviez-vous que nos ancêtres les Gaulois utilisaient ce bois pour fabriquer de redoutables flèches empoisonnées ?

– Et j'imagine qu'il vous arrive aussi d'y tailler vos plumes pour rendre vos écrits encore plus toxiques. Mon cher Molière, auriez-vous d'autres secrets d'empoisonneur ? Nous prépareriez-vous une comédie sur ce thème ?

– Peut-être, Sire, mais permettez-moi de n'en dire encore aucun mot. Quoi qu'il en soit, je pourrais aussi vous citer la jusquiame qui, lorsque vous en abusez, vous fait délirer, prononcer des paroles incohérentes et en arriver à tenir des propos que pouvez regretter par la suite.

– C'est ainsi vous que écrivez vos meilleures tirades, n'est-ce pas ? ironise le roi. Ne me répondez pas, s'empresse-t-il d'ajouter devant l'air troublé de son poète, gardez pour vous vos cachotteries d'artiste. Mais, mon cher Molière, j'ignorais vos dons et je suis impressionné. Décidément, les jésuites et les écoles de droit[18] forment de grands naturalistes. Est-ce l'ennui de l'étude des lois qui vous fait ainsi vous tourner vers l'écriture ou la nature, comme ce cher La Quintinie qui a jeté sa robe de magistrat aux orties pour endosser le tablier de jardinier ? Mais dites-moi, connaîtriez-vous une plante, qui sans assouvir la vivacité de nos dames, les rendrait un peu plus...

---

[18] Molière et La Quintinie ont tous deux fait du droit avant de choisir une tout autre vocation.

– Charmantes ? propose Molière.

– Non, aimables… Oui, aimables, voilà le mot juste. Mais je demande peut-être trop à dame Nature qui nous gratifie déjà de tant de miracles quotidiens. Mais juste une qui pourrait les rendre muettes le temps de leur fureur ou moins exigeantes le temps de leur folie. Vous qui avez épousé une femme bien plus jeune que vous, devez avoir quelques secrets.

– Eh bien, balbutie Molière un peu décontenancé par la demande si personnelle de son roi, je connais une certaine dame…

L'écrivain vient de comprendre la tactique du roi. Il rougit jusque sous les boucles de sa perruque. Il s'est trahi.

– Une certaine dame, reprend Sa Majesté en changeant de ton, qui de badin est devenu menaçant. Une certaine dame ? insiste-t-il encore.

– Je ne me rappelle plus exactement, bégaie Molière.

– Vous jouez décidément mieux que vous ne mentez, tonne le roi. Trouvez-moi à cela une réplique digne de ce nom, ou plutôt une explication qui vous éviterait le froid de mes cachots, à moins que ceux-ci ne soient propices à l'écriture de quelques nouveaux sonnets. Non, j'ai décidément mieux à vous proposer, ajoute-t-il soudain radouci. Avant que cette dame ne vienne nous importuner, ironise-t-il en évoquant l'arrivée fracassante de madame de Montespan, j'évoquais votre assistance.

Molière, trop heureux que la colère du roi se soit détournée, acquiesce en silence.

– Louvois me fait trembler en m'entretenant presque chaque jour d'un complot d'empoisonneurs. Son réseau d'espions et La Reynie, mon fidèle lieutenant de police qui s'occupe avec zèle de l'ordre public dans les rues de Paris, m'ont rapporté le cas de la marquise de Brinvilliers, une certaine Marie-Madeleine Dreux d'Aubray, affublée d'un mari noceur et joueur, cocu de surcroît, et c'est bien là le drame car le séducteur de la dite marquise est passé maître dans l'art de la préparation des poisons. Or, ne voit-on pas depuis plusieurs mois dans l'entourage de celle-ci, que son père, qui a si souvent blâmé sa conduite, ainsi que ses frères, qui ne manquaient pas non plus de l'accuser, ont disparu dans d'atroces souffrances. Ce sont les signes d'un empoisonnement, bien que l'on n'ait pu en découvrir ni la cause ni le coupable. Pour le moment, la femme n'est pas ennuyée mais simplement surveillée, mais je veux savoir qui lui tient la main.

— Mais, Sire, monsieur de La Reynie ne serait-il pas plus apte que moi pour répondre à cette attente ?

— Laissez mon préfet de police agir à sa manière et avec ses moyens. J'ai besoin de votre regard acéré sur le genre humain, celui qui sait détecter les failles et révéler les imposteurs. Sous prétexte d'écrire une nouvelle pièce sur le monde des médecins et de ses charlatans, je veux que vous vous approchiez de ces gens et que vous me rapportiez leurs petits secrets. Vous venez de me donner de nombreuses preuves qu'il y a peu de mystères qui vous échappent.

— Je ferai de mon mieux, Sire, mais le travail d'un artiste, qui observe le monde, et en rapporte les traits, grossiers ou élégants, ne ressemble en rien à celui d'un espion.

— Forcez-vous, Molière, c'est un ordre. Vous n'en serez pas déçu, et croyez-moi, vous y trouverez matière à votre plus grand chef-d'œuvre.

On ne discute pas un ordre du roi, aussi surprenant soit-il. Molière, en soupirant, note soigneusement les recommandations qu'on vient de lui donner puis salue Sa Majesté pour lui signifier son congé. J'en profite pour me rapprocher et saluer à mon tour le roi, qui s'est assoupi sur ses coussins.

Pourtant, les audiences royales ne sont pas terminées. Bontemps vient d'introduire Sébastien Le Prestre, seigneur de Vauban.

En passant le pas de la porte, celui-ci me reconnaît, m'attrape vigoureusement par le bras pour m'empêcher de filer et me souffle à l'oreille :

– Ne vous éloignez pas, mademoiselle, j'ai des choses très importantes à vous communiquer.

– La reine doit s'impatienter, monsieur, protesté-je en essayant de me dégager de la ferme poigne du balafré.

– Attendez-moi ! répète-t-il d'un ton autoritaire qui n'admet pas qu'on lui désobéisse. C'est un ordre.

Décidément…

CHAPITRE 9

Que faire ? Agir comme si je n'avais pas entendu ? Impossible ! Je ne dois rien à cet homme mais il a beaucoup de pouvoir et le roi l'écoute.

Indécise, inquiète, je reste pétrifiée à la porte des appartements royaux.

Un des battants est resté entrouvert et j'entends des bribes de la conversation. Vauban, d'ordinaire si réservé, tempête et parle fort.

— Sire, des hommes de Noailles[19], des officiers en garnison à la frontière espagnole dans la citadelle de Prats-de-Mollo, m'ont apporté des nouvelles inquiétantes.

— Pratsss de moyo, ânonne le roi qui semble n'avoir jamais ouï l'étrange nom de cette ville qui est pourtant sienne maintenant.

— Depuis votre union avec madame la reine et le traité avec les Espagnols, ce gros village est le verrou de vos nouvelles frontières sur le versant méditerranéen des Pyrénées. Ses fortifications ont presque été totalement détruites en représailles à une terrible révolte des autochtones, les *Angelets* comme on les appelait, qui refusaient de payer à la couronne ses taxes sur le sel.

---

[19] Anne de Noailles, gouverneur du Roussillon depuis 1660.

– Ce nom ridicule m'évoque quelque chose, mais je croyais ces peuplades matées ?

– Hélas, non ! Le chef des dissidents, Josep de la Trinxeria, défait et exilé en Espagne, fourbit ses armes à quelques lieues de la frontière. Ils sont prêts, lui et ses hommes, à revenir en Roussillon et à combattre pour les Espagnols. Les terribles humiliations et la violence sans nom qu'ils ont subies de la part de vos troupes décuplent leur rage. Ils connaissent parfaitement le terrain et sont aidés par les gens du peuple, malgré les menaces du gouverneur de Noailles. Ils s'infiltrent partout, jusqu'à la cour de Versailles s'il le faut.

Que sous-entend Vauban et que sait-il ? Est-ce de cela dont il désire me parler ?

– Sire, j'insiste. Les tours de guet qui surveillent les crêtes sont en ruines et ne peuvent plus servir aux soldats. Seul le vieux château de Perella qui domine Prats-de-Mollo a été restauré pour accueillir une petite garnison qui maintient la ville et sert à se protéger contre une éventuelle attaque espagnole. Il faut faire plus. Prats est devenu une place forte stratégique à renforcer quoi qu'il en coûte à la couronne.

– Comme vous y allez, mon ami, on voit bien qu'il ne s'agit pas de votre cassette personnelle.

– Sire, je vous le redemande, abandonnez quelques jours vos troupes du Nord. Le prince de Condé, aux côtés des armées de Turenne, maîtrise la situation et vous savez que vous pouvez lui faire totalement confiance. Rapprochez-vous des frontières du Sud, rassurez le peuple.

– Je sais, mon cher Vauban, rétorque le roi, combien je vous dois. Je vous sais aussi homme honnête et au franc-parler. Mais vous avez toujours cette mauvaise habitude de vous intéresser aux plus humbles et aux plus modestes.

– Oui, Sire, le coupe Vauban avec son habituel aplomb, surtout ceux accablés de taille, de gabelle et de famine qui achèvent de les épuiser. Ne jurez plus que par vos frontières du Nord et des Flandres, Sire, l'Espagnol est aussi maître aux pieds des Pyrénées. Ce sont des pays difficiles, il nous faut l'appui du peuple. Sire, venez. Prétextez, par exemple, une visite sur le canal royal en Languedoc[20].

– Je vois que vous avez pensé à tout.

– C'est votre plus beau chantier, Sire.

– Vauban, vous oubliez vos travaux de fortification des bastions militaires pour lesquels vous êtes passé maître.

– Merci, Sire, répond Vauban en s'inclinant devant Sa Majesté avec déférence. Mais ce canal, qui reliera l'Atlantique à la mer Méditerranée, permettra d'éviter aux bateaux et aux marchandises de contourner l'Espagne et de prendre la mer pour passer le cap de Gibraltar, ajoute-t-il pour flatter Sa Majesté qui en soupire de contentement.

– Privant ainsi le roi d'Espagne d'une partie de ses ressources. Je sais tout cela, Vauban, mais quel rapport avec ces sauvages ?

– Pierre-Paul Riquet, l'ingénieur en chef de ce chantier, a également été gabelou. C'est lui qui a négocié une première fois avec les insoumis pour lesquels il est parvenu à rétablir les franchises et à supprimer l'impôt sur le sel, ce qui a ramené le calme dans cette région pour un certain temps. Riquet est sur le chantier du nouveau port de Sète. Sète est à quelques heures de cheval de Perpignan. Peut-être serait-ce là l'occasion…

---

[20] Nom donné à l'époque à l'actuel canal du Midi, construit de 1666 à 1681.

– Mon cher Vauban, vous perdez votre temps, je suis fatigué aujourd'hui.

Le balafré aura tout essayé. Le roi refuse de s'occuper de ses frontières catalanes.

Les portes claquent. J'ai juste le temps de me reculer pour ne pas me faire bousculer par monsieur de Vauban que je salue avec déférence, priant le ciel qu'il ait oublié sa demande.

Hélas, il n'en est rien !

– Mademoiselle, j'ai des affaires sur lesquelles j'aimerais vous entretenir. Suivez-moi dans quelque endroit plus retiré, je n'aimerais pas que des oreilles indiscrètes nous entendent.

Je l'accompagne sans discuter, courant parfois pour ne pas ralentir la marche de ce militaire à l'allure pressée. Il m'entraîne dans des couloirs que je n'ai encore jamais explorés, ouvrant enfin une porte dérobée, cachée derrière une tenture.

– Vous vous appelez Agnès Sola-Massuch, n'est-ce pas ? me demande-t-il après m'avoir fait asseoir sur une petite chaise à coussin et dossier en velours cramoisi.

– Oui, monsieur, je suis au service de la reine.

– Vous êtes née à Prats-de-Mollo, le village dont je viens d'entretenir le roi. Ne cherchez pas à nier, j'ai vu votre ombre près de la porte que j'avais volontairement laissée entrouverte. Ce ne sont pas les habitudes de ce palais, vous auriez pu vous méfier.

– Je n'ai rien entendu, monsieur.

– Qu'importe, êtes-vous bien née dans les environs de Prats ?

– Oui, monsieur.

– Bon, vous êtes donc celle que je recherche.

– Je ne sais rien sur les Angelets.

— Ne vous inquiétez pas, ce n'est pas de cela dont je veux vous entretenir, je ne vous demanderai pas de dénoncer vos frères. Louvois a ses espions, le roi ses dragons, et j'ai trop de respect pour les femmes de votre pays pour les obliger à trahir leurs hommes. Pourtant, en toute sincérité, je suis sûr que vous en savez énormément. La reine vous donne beaucoup de libertés et vous autorise à prendre chevaux et voitures pour régler vos affaires. Où vous rendez-vous ? J'aimerais parfois le savoir mais pour l'heure, sachez que je ne suis pas votre ennemi. J'ai eu plusieurs occasions de séjourner dans vos vallées et vos montagnes que j'ai beaucoup appréciées, et comme vous l'avez parfaitement entendu, j'incite de toutes mes forces le roi à m'accorder des crédits pour faire restaurer votre ville. De surcroît, la reine vous couve comme un enfant et il me serait fort désagréable d'apprendre qu'elle ait à se plaindre de moi à votre égard. Ne tremblez pas, mademoiselle, ce que j'ai à vous dire concerne votre amie Suzon et son amant Blaise.

— Suzon ?

— Le meurtrier a été retrouvé.

— Mon Dieu !

— C'est le propre père de Suzon, un ancien militaire devenu un pauvre ivrogne, qui a été crier dans tous les tripots qu'il avait « vengé l'honneur de sa fille ».

— Son père ? A-t-il avoué le crime ?

— Du moins les hommes de La Reynie me l'ont attesté.

— L'ont-ils torturé ?

— Mademoiselle, ce n'est pas une question qui sied à votre bouche. Cela ne fait assurément pas partie de mes pratiques, mais je n'en dirais pas autant des hommes de notre lieutenant général de police.

– Le roi le sait-il ?

– Le roi sait tout, mademoiselle, mais il ne dit pas tout.

– Suzon, ma pauvre Suzon. Dois-je l'avertir ? Que va-t-il arriver à son père ?

– Le roi n'apprécie guère que ses anciens officiers se compromettent dans de telles affaires et de surcroît devant quasiment toute la Cour. Il a considéré cet acte comme une offense personnelle et il est fort possible que notre homme, dans un moment d'égarement ou de folie propre à ces ivrognes, se pende dans sa cellule.

– Pauvre Suzon.

Vauban tripote sa cicatrice tout en m'observant.

Je suis épuisée, perdue, affreusement triste. Je n'arrive même pas à pleurer.

– Ne jouez pas trop la comédie, mademoiselle, le père de votre amie n'était qu'une brute épaisse, un ivrogne bestial, un être fourbe et malfaisant. Mais, ajoute-t-il après quelques instants, je dois avouer que j'ai d'abord cru que c'était vous l'assassin de ce garçon, le dénommé Blaise.

– Monsieur !

D'effroi, je me lève brusquement, renversant ma fragile chaise à siège de velours.

– Calmez-vous ! Je ne suis pas La Reynie, vous ne risquez rien. Pour le moment, ajoute Vauban.

– Mais c'est faux !

– Écoutez-moi : toutes les charges portaient contre vous. Le ruban retrouvé entre les doigts du mort sur lequel était brodé votre nom. Un nom double, à la mode espagnole, et puis j'ai reconnu les couleurs de votre pays, « sang et or ». C'est bien ainsi que vous dites ?

– Je l'avais offert à Suzon, qui a dû en faire don à Blaise.

– On peut l'admettre. Et la rue fétide ? Vous connaissez parfaitement les herbes, la reine ne jure que par vous, le roi fait appel à vos services. Votre bonne amie est dans une situation fort peu intéressante et le jeune Blaise n'avait pas pour réputation de réparer les fautes qu'il avait commises, mais plutôt d'essayer de les faire passer de la manière la plus efficace possible.

– Il est vrai, monsieur, que ce Blaise n'était qu'un vil séducteur qui n'en était pas à son coup d'essai. J'avais averti Suzon, mais elle l'aimait. Du moins le croyait-elle.

– Et lui ?

– Non. C'était en vérité un monstre, il buvait et la battait. Il souhaitait lui faire passer l'enfant. Il a été jusqu'à la pousser du haut des escaliers, mais à part une légère foulure à la cheville que je lui ai soulagée par des emplâtres d'arnica, elle n'a pas souffert.

– Donc, il aurait pu vous demander de lui fournir des herbes qui ont pour propriété d'aider à évacuer avant terme les enfants indésirables.

– Jamais, monsieur ! Jamais je n'aurais fait cela. Je connais la rue fétide et ses principes qui permettent une contraction violente et efficace de la matrice des femmes, mais jamais je ne l'aurais donnée à Suzon, car la rue peut tuer la mère comme elle tue l'enfant.

– Soit, vos larmes me semblent plus sincères que vos soupirs. Mais imaginons autre chose. Le jeune homme fréquente les salons de madame de Montespan, par la petite porte tout du moins. Il lui apporte des fruits frais des vergers de votre ami La Quintinie, courtise ses servantes et y aurait fait des rencontres intéressantes, des gens peu recommandables. La réputation des salons de madame de Montespan en ce domaine est des plus sulfureuses. Détenteur de cette plante, il vous aurait demandé d'en faire l'usage.

– J'aurais refusé. Et pourquoi aurais-je brûlé ces herbes sous son nez ? Pour me faire condamner ?

– J'avoue que la ficelle est si grosse que j'ai bien vite abandonné cette piste. Il semblait plutôt qu'on cherchait à vous faire accuser. Mais pourquoi ? Je me posais beaucoup de questions jusqu'à ce que je découvre une pièce à conviction dont vous me direz des nouvelles. Mais tout d'abord, Suzon vous avait-elle parlé de son père ?

– Très peu. Il est vrai qu'elle ne l'aimait pas beaucoup. Il n'était rentré de ses campagnes et avait quitté l'armée qu'à la mort de sa mère, il y a quelques années. Je ne sais pas précisément quand, Suzon ne me parle pas de cela.

– Savez-vous pourquoi il avait quitté l'armée ?

– Pour s'occuper de sa fille, Suzon.

– Non, parce qu'il en a été chassé. Quant à la date, c'est celle de juillet 1670. Elle vous rappelle peut-être quelques souvenirs ?

– Certains bons et beaucoup d'autres que j'essaye chaque jour d'effacer, dois-je avouer.

– Notre homme a servi dans l'armée de Noailles dans la province du Roussillon, très précisément à la place forte de Prats-de-Mollo.

– Le père de Suzon ?

Je bafouille, abasourdie par cette révélation.

– Il commandait une petite troupe d'une douzaine d'hommes avec qui il menait une vie de débauche, reprend Vauban après m'avoir laissée quelques instants évaluer la situation. Il a quitté l'armée après avoir été accusé, entre autres, d'avoir mis à sac une grosse ferme, volé le bétail, égorgé tous ses habitants, maîtres et valets.

– Tous ? ai-je le courage de demander d'une voix tremblante.

– J'ai fait mon enquête. Cela fut difficile à vérifier à l'époque, les corps étaient dans un état pitoyable, pour la plupart carbonisés. Seule une petite fille n'aurait pas été identifiée. Cette enfant s'appelait Agnès, tout comme vous ! On a retrouvé des traces dans le pré situé juste au-dessus de la ferme, des cailloux roulés, des herbes foulées par des pieds de petite taille, et on pense qu'elle a réussi à s'échapper bien que personne ne l'ait revue dans le village. Elle serait bien la seule survivante à ce massacre.

Monsieur de Vauban ne doit pas comprendre le sourire qui transparaît entre mes larmes. Alors que ses premiers mots m'ont déchiré l'âme, sa dernière phrase m'a mis du baume au cœur. Personne ne sait qu'Estéban est toujours vivant !

– Ne me dites rien, peut-être sont-ce là des souvenirs que vous cherchez à effacer. Je le comprends, mademoiselle. Mais ce n'est pas tout, je ne vous ai pas encore parlé de ma pièce à conviction. Elle semblait terroriser le père de votre amie lorsque nous l'avons trouvée dans ses papiers. Ce n'est pourtant qu'un banal croquis, bien que de prometteuse facture, dit-il en exhibant de sous son manteau un dessin. Pas n'importe lequel : celui que m'avait confié Estéban et qui m'a été volé.

– Dans ses papiers ?

Je ne peux m'empêcher de crier, bouleversée de revoir ainsi cet objet entre les mains d'un homme du roi de France.

– Devrais-je dire dans les vôtres ? L'homme a été jusqu'à s'accuser de vol dans le coffre d'une demoiselle d'honneur de la reine, une demoiselle experte en plantes médicinales et surtout grande amie de sa propre fille, servante chez madame de Montespan

— Suzon !

— Votre amie Suzon, effectivement. Que représentait ce dessin pour cet assassin, c'est un secret qu'il a emporté dans sa tombe. Peut-être est-ce une œuvre de jeunesse de la dite demoiselle d'honneur que cet escroc comptait monnayer ? Mais voilà que sur ce dessin… Tenez Agnès, regardez d'un peu plus près, me dit-il en m'agrippant par le bras pour me rapprocher de lui, vous voyez cette brute à la tronche avinée et au regard fourbe, la chope en l'air, au beau milieu de la tablée ? Eh bien, c'est notre homme, le père de Suzon, l'assassin du petit jardinier ! Quelle surprise n'a-t-il pas eu de retrouver son portrait dans les affaires de la meilleure amie de sa fille. Et oh, stupéfaction ! il a aussi reconnu les hommes qui étaient sous ses ordres. Aurait-il alors compris que cette petite Catalane avait quelque chose à voir avec son lointain et trouble passé à nos frontières pyrénéennes ? Cela relevait du diable pour sûr, c'est du moins ce qu'il a voulu nous faire croire. Il était terrorisé et était prêt à faire accuser ce diable-là d'un crime qui par ailleurs lavait son honneur. Une peur du démon qu'il semble partager avec le reste de sa petite troupe de dragons, composée de pauvres têtes fêlées et bien crédules.

— C'est impossible ! Même si je reconnais ce dessin, j'ignorais qui étaient ces hommes, protesté-je avec véhémence. Je n'avais jamais vu le père de Suzon.

— Vraiment ? Le répéteriez-vous en confession ? Qui vous a donné ce dessin ?

— Je ne peux pas le dire.

— Comme il vous plaira. Nous en recherchons l'auteur, nous avons déjà quelques idées. Un tel « coup de patte », comme disent nos peintres, n'est pas donné à tout le monde. En tout cas, pas à vous, car si vous avez des talents certains il semblerait qu'Athéna, la déesse des arts, ne vous ait pas gâtée dans ce domaine. C'est du moins ce que m'a affirmé la reine avec qui j'en ai récemment causé.

– Que lui avez-vous dit ?

– Rien qui ne puisse vous nuire, Agnès, et vous pouvez avoir confiance en ma discrétion, il n'est pas exclu que j'aie un jour besoin de vous, je saurai alors vous le rappeler. En ce qui concerne cette œuvre, l'artiste a dû depuis faire reconnaître son talent. Nous le trouverons et il parlera ! Je ne vous rends pas ce dessin, je le garde encore un peu, mais je ne m'inquiète pas, toutes ces charmantes figures sont profondément gravées là, dit-il en appuyant son index sur mon front, au fond de cette mémoire. À ce propos, vous allez pouvoir y faire place nette, ajoute-t-il en m'agitant le parchemin sous le nez. Voyons, où sont-ils ? Ah ! Regardez bien, mademoiselle, celui-là et celui-là. Deux bonnes gueules de canailles. Retrouvés morts, hier au soir. Juste quelques heures après le drame du potager du roi. Un début d'hécatombe ? Quel lien avec Blaise ? Aucun. Si ce n'est vous.

– Non, non !

– Leurs camarades ont signalé que les premiers symptômes sont apparus très rapidement après l'ingestion d'une sorte de navet, que ces pauvres imbéciles avaient volé dans la musette de leur ancien officier, alors emprisonné à la Bastille. Nos soldats, si mal payés, n'ont pas de morale, je me tue à le répéter à Sa Majesté à qui je demande régulièrement d'augmenter leur solde. Une plantule soigneusement enrobée dans du papier de soie et dissimulée au fond d'un sac attise la convoitise : aphrodisiaque, excitant, ou tout simplement quelque chose d'un peu différent à se mettre sous la dent ? Les hommes ont été pris dans le quart d'heure de diarrhées sanglantes, de crises d'angoisse terribles. Dans la demi-heure, ils ne voyaient plus rien, leurs pupilles étaient aussi dilatées que celles d'un chat dans la nuit. Ils se sont plaints de crampes insupportables et de membres aussi durs que du bois.

– L'aconit !

– À moins que cela ne soit le diable, ainsi qu'en auraient juré certains de leurs compagnons. Le cœur a lâché en moins d'une heure. Quelle affreuse méprise ! Mais ce sont deux fripouilles, la honte de nos régiments, dont notre terre s'est débarrassée. Mademoiselle, je vous laisse, la reine m'en voudrait beaucoup de vous voir maltraitée ainsi, mais sachez une chose, lorsqu'on a du sang une première fois sur les mains, il est très difficile d'en faire partir la tache.

CHAPITRE 10

Avant de retourner dans les appartements de la reine, je fais un détour par mon cabinet afin de m'y reposer quelques instants et retrouver mes esprits. Je suis aussi épuisée que si j'avais veillé un mort pendant plusieurs nuits d'affilée.

Toutes ces nouvelles bouillonnent dans ma tête. Comment me sortir de ce cauchemar dont j'essaye de comprendre chacun des éléments : les meurtres, le vol, ce mystérieux dessin ?

Grâce à mon instinct de bruche, il y a longtemps que je me doute que ces hommes dessinés au fusain, et dont le sort semble être dangereusement compromis, faisaient partie de la compagnie de dragons responsables du carnage de ma famille, mais je ne suis pas encore remise du fait que le père de Suzon, ma Suzon, soit l'un d'entre eux, leur chef de surcroît, celui qui a jeté le corps du petit Jordi dans le Tech.

Afin de délasser ma nuque endolorie, je retire une à une les épingles qui retiennent mon chignon pour les ranger en ordre dans une petite boîte en écaille que m'a offerte la reine et que je dissimule dans l'un de mes tiroirs.

Le panneau en bois est bloqué et refuse même de s'entrebâiller. Je tire plus violemment. Rien ne vient. Je m'agenouille pour être plus à l'aise et aperçois enfin un papier coincé qui bloque le mécanisme. Je n'avais pourtant pas souvenir d'avoir bourré ce meuble au point de ne plus pouvoir l'ouvrir ! En soupirant, je glisse une petite spatule afin de dégager cet intrus, pousse énergiquement et débloque enfin ce maudit tiroir. Le document fauteur de troubles tombe à mes pieds.

C'est une lettre pliée qu'une main, amie ou ennemie, a introduite dans mon cabinet. Quels sont donc ces hommes et ces femmes qui rôdent autour de moi, me surveillent et m'épient ?

Je déplie le papier froissé et ne m'étonne même pas d'y reconnaître l'écriture fine et pressée d'Estéban.

Est-il encore là ? J'inspecte rapidement les murs de mon cabinet, il n'y a ici aucune cachette possible pour un homme.

Je me précipite dans le couloir qui mène vers nos chambres, puis de là vers les appartements de la reine. Mes chères camarades babillent comme à l'ordinaire, les valets passent, toujours aussi discrets et fuyants. Il n'y a aucune trace d'effraction, ni porte forcée ni fenêtre brisée.

De retour dans mon cabinet, je vérifie que mon coffre n'a pas été visité. Mes pots de plantes séchées ont par contre été ouverts, certains couvercles ont été replacés de façon maladroite. Mais après tout, n'ai-je pas autorisé certains hommes de confiance de mon ami La Quintinie à venir s'y approvisionner lorsque la table du roi exige des herbes et des aromates et que le froid a gelé sur pied les plantes fraîches ? Mes feuilles de thym, de laurier ou de sauge séchées ont plus d'une fois sorti les cuisiniers de la Cour d'un mauvais pas dont ils me sont redevables. Même le génial chef Vatel m'a consultée pour agrémenter ses nouvelles créations culinaires. Il penchait pour quelques épices des Indes et d'Afrique, le gingembre et la zédoaire, mais je lui ai vivement conseillé le safran de Perse, plus subtil et il m'est revenu àux oreilles que la table du Grand Condé s'en était montrée ravie. Ces hommes ne m'auraient pas trouvée et se seraient servis. Je vérifierai la chose la prochaine fois que je rendrai visite à ces amis.

Quant à mon frère, aurait-il pris le risque de s'introduire dans les appartements royaux pour me remettre un courrier ?

Que je suis sotte ! Ne m'a-t-il pas dit qu'il dispose de partisans prêts à l'aider ? Je l'espère, car s'il s'introduit chez moi sans daigner venir me serrer dans ses bras cela me chagrine terriblement.

Je referme ma porte avec précaution, j'ai besoin de calme et de tranquillité. Je respire bien fort avant de déchiffrer les quelques mots qui me sont destinés :

« Ma chère sœur,
Je suis heureux de te savoir en bonne santé à la Cour du roi de France, protégée par la reine qui semble avoir une grande estime pour toi et ton art. Tout cela est arrivé jusqu'à mes oreilles de loup errant.

Ma vengeance est en cours, mais je t'en prie, ne te mêle pas de mes histoires.

Je te dois quelques explications. Avant mon départ pour les Amériques, je m'étais promis de repasser dans notre village et de profiter de notre carnaval, el dia de l'os, pour me glisser sous une peau de bête. C'était à mon sens le meilleur stratagème pour me mêler sans danger et en plein jour à la foule du carnaval et revenir une dernière fois dans notre village. Toi-même n'aurais pas reconnu le banni, le fugitif au visage mâchuré, barbouillé d'huile et de noir de fumée, les yeux brillants sous sa toque en fourrure. Mon manteau, malhabilement façonné, puait mais j'en appréciais l'ampleur qui dissimulait ma musette et tous mes trésors.

Ainsi travesti, je n'ai pas ménagé ma peine, grimpant aux balcons des maisons de la grand'rue afin de terroriser les jeunes filles en les menaçant de les croquer toutes crues, jouant au soudard pour divertir le bon bourgeois, mimant le monstre affamé, grognant, lançant des coups de patte en l'air. Certains ont fait semblant d'avoir peur, d'autres ont ri aux éclats, mais personne ne m'a identifié sous mon costume. Pour ma part, je n'ai revu aucun de ceux qui nous avaient aidés en nous cachant, nous offrant des vivres et des vêtements chauds, colportant toutes les nouvelles pour que nous puissions éviter les soldats du roi et les gabelous qui parcouraient les montagnes à notre recherche. Que sont-ils devenus ? Eux aussi je les vengerai ! Mais j'ai fini par trouver ce que je cherchais et j'ai décidé alors qu'il fallait laisser les autres faire la fête sans moi.

Les cloches de Sainte-Juste et Sainte-Ruffine ont carillonné et tu connais la coutume : l'hallali de « l'ours » allait commencer ! Les « chasseurs » se préparaient, puis les « barbiers », armés de haches et de chaînes et au visage recouvert de farine. La fête de carnaval prendrait alors un tour grotesque et macabre. Je me suis hâté pour ne pas me faire prendre sinon le jeu se terminerait mal, du moins pour moi.

Tout près des remparts en ruines, j'ai retrouvé le Tech que j'ai suivi sur plusieurs centaines de mètres, puis j'ai bifurqué vers les sommets pour éviter le vil-

lage dont j'entendais toujours les cris de fous des car-
navaleux en plein délire. De là, j'ai commencé à remonter vers le col de la Guille. J'avais dans l'idée de
rejoindre l'ermitage du Coral pour aller saluer la
Vierge et lui adresser une prière. Mais les sentiers
étaient enneigés, il m'aurait fallu plus de douze heures
pour atteindre la chapelle et risquer mille fois de croiser les hommes de Noailles. Ce n'était pas raisonnable,
ce n'était plus vers la montagne que je devais aller me
réfugier mais vers la plaine et de là, la côte. Pour partir très loin.

J'ai décidé de m'arrêter quelques instants pour souf-
fler et avoir le temps de graver dans ma mémoire les
dernières images de notre village natal que l'armée de
Louis XIV avait pour partie détruit. Et puis réfléchir :
je ne voulais plus ni guerroyer ni rejoindre les Espagnols comme l'avaient fait certains de mes frères
d'armes, je préférais refaire ma vie ailleurs pour revenir un autre. Et me venger.

J'avais faim. J'ai dévoré le morceau de pain et les oi-
gnons offerts par le traginer[21] qui m'avait conduit jusqu'à
Prats.

Soudain, j'ai senti une présence derrière moi. Je ne me
suis pas affolé pour autant, je portais encore le costume de
l'ours et les traces de suie sur mon visage me rendaient mé-
connaissable. Par prudence, j'ai tâté mon poignard caché
sous ma peau puis me suis retourné.

Ce n'était qu'un enfant qui m'observait avec curio-
sité et sans aucune crainte. Un gamin juste un petit peu
plus jeune que toi, d'une douzaine d'années environ, aux
traits fins, à la bouche souriante et aux grands yeux noirs.
Il portait un costume de la ville, un manteau en drap épais
de bonne coupe. Ce n'était pas un petit paysan du coin
malgré la grande besace accrochée à son épaule.

[21] Muletier.

— Bonjourt, com te diu ?[22], lui ai-je demandé cordialement pour ne pas l'effrayer ni le faire fuir de crainte qu'il n'attire tous les villageois à mes trousses.

— Bonjour, me répondit-il en roulant les « rrr » avec un fort accent catalan qui attestait de ses origines. Mon père disait qu'il faut parler en français maintenant, me précisa-t-il d'un ton effronté. Je m'appelle Jacinto, Jacinto Rigau. Je suis le fils de Mathias Rigau, maître tailleur à Perpignan. Je viens aider ma mère, Maria Serra, à régler des affaires que feu mon père avait entamées avec les paraires de Prats, les meilleurs drapiers du village, m'expliqua-t-il avec une assurance impressionnante pour son jeune âge. Et toi, comment t'appelles-tu ?

— Je préfère que tu ignores mon vrai nom, lui répondis-je, appelle-moi « l'homme-ours ». Ton père avait raison, du moins en ce qui concerne les paraires, on dit ici que les eaux du Tech donnent aux étoffes une texture et une couleur inégalables. Mais pour l'heure, si je te comprends bien, ton père est décédé et c'est donc toi qui le remplaces ?

— Parfois, hésita-t-il avec ingénuité, mais j'aime aussi à venir dans cette vallée, la montagne est si belle. Ces couleurs, cette lumière.

— C'est vrai, soupirai-je. Tu as vu la neige là-haut sur le Costabone ? lui dis-je en pointant du doigt la haute montagne qui nous surplombait. On ne peut rien trouver de plus beau.

— Je cherche des plantes, des herbes tinctoriales pour préparer mes couleurs et enrichir ma palette avant de peindre, me précisa-t-il.

— Des herbes tinctoriales pour enrichir ta palette, en voilà un discours qui n'est décidément pas habituel, répétai-je, étonné par son étrange maturité et par la détermination que je lisais dans son regard. Je ne sais si tu as du

[22] *Bonjour, comment t'appelles-tu ?*

talent pour peindre mais tu es un fieffé paysan, car ce n'est pas dans ce froid et sous ce faible soleil d'hiver que tes petites herbes montreront leur nez.

— Soit, admit-il d'un ton bougon, mais j'espérais trouver quelques millepertuis pas encore trop roussis par le gel car je voulais préparer un beau rouge pour une de mes peintures. Quant à mon talent de peintre, attends un peu pour juger, me proposa-t-il avec suffisance en tirant une grande feuille de parchemin de sa besace et une pointe de fusain. Je vais dessiner ton portrait.

Ayant retrouvé son aplomb, il traça rapidement quelques traits d'une main assurée. Il jetait de brefs coups d'œil sur son modèle, fronçait les sourcils et pinçait les lèvres pour mieux se concentrer. Ses mimiques un peu prétentieuses de grand artiste m'amusaient.

— Est-ce un ours que tu vas gribouiller ? raillai-je bien sottement.

— Non, c'est un fuyard, un trabucaire, un contrebandier que je représente, rétorqua-t-il d'un ton sans réplique.

Je fus abasourdi par sa clairvoyance mais ne prononçai pas un mot.

Le froid engourdit peu à peu les doigts du jeune artiste qui essayait de les réchauffer par son souffle sans que cela modère son ardeur. Au bout de quelques minutes, sans que nous ayons échangé une seule parole, il me tendit sa feuille que je pris bien innocemment et en souriant, comme pour faire plaisir à un gosse dont on passe un caprice. Mais à peine ai-je eu jeté un coup d'œil, que mon sourire se figea. Je restai sans voix, stupéfait par la qualité exceptionnelle de l'œuvre que m'avait offerte l'enfant.

— Quant anys tens, bafouillai-je, quel âge as-tu donc pour être si doué ? Chez quel maître as-tu travaillé ?

— J'aurai douze ans en juillet et j'espère bientôt partir en apprentissage à Carcassonne, puis à Montpellier et

enfin à Paris. Je serai peintre des rois[23].

— Peintre des rois, décidément tu n'as pas une petite idée de ta personne mais il est vrai que tu as beaucoup de talent. Ton portrait est si parfait qu'il pourrait même me causer des soucis si, comme tu le dis, je suis un fuyard. Il ne faudrait pas qu'il tombe entre des mains malinten-tionnées.

— Je te le laisse, il est pour toi, tu en feras ce que tu voudras et nul ne dira que Jacinto Rigau est un traître, mais sache que j'ai bonne mémoire et que je pourrai tou-jours refaire ton portrait après des années et même si nos routes ne se croisent plus pendant de longs mois, je ne t'ou-blierai pas.

— Merci, répondis-je en roulant le portrait, mais à mon tour je te dois un cadeau, ajoutai-je en fouillant dans mon sac. Tiens, dis-je en lui tendant un petit bout de ra-cine rougeâtre, c'est de la garance.

C'est toi qui m'as montré l'usage de cette petite plante, petite sœur, vois-tu je retiens bien tes leçons !

— Sers-t'en pour peindre les plus beaux rouges, lui pro-posai-je, les robes pourpres, les roses d'été, le coucher du soleil. Mais pas le sang. Promets-le-moi.

— Je te le promets, me répondit-il avec gravité. Tu me fais le plus beau des cadeaux que j'aie jamais reçus.

— Tu exagères, mais j'espère que cela t'aidera pour tes prochaines œuvres. Attends encore, j'ai un service à te de-mander mais jure-moi de n'en parler à personne.

— Bien sûr.

— En ville…

Ma voix tremblait pitoyablement, j'eus du mal à poursuivre mon discours.

— En ville, à l'auberge, repris-je enfin, les soldats du roi se sont réunis. Ils boivent. Ils boivent aux massacres qu'ils ont perpétrés tous ces derniers mois, à leurs missions

---

[23] Ce que fit effectivement Jacinto Rigau, devenu alors Hyacinthe Rigaud.

qu'ils ont réussies, aux femmes qu'ils ont violentées. Je suis sûr qu'ils n'ont pas bougé de cette bauge depuis des heures, leurs cerveaux imbibés d'alcool, le trop-plein de leurs tripes conchiant leurs cols blancs. Rends-toi dans cette auberge, invente un prétexte, regarde-les bien et puis si tu as si bonne mémoire, fais leurs portraits. Garde-les bien précieusement. Un jour, nos routes se recroiseront, alors je te demanderai ces dessins.

— Tu as besoin de reconnaître ces hommes et de te venger ?

— Tu lis trop bien dans les pensées, mon garçon, lui avouai-je, peut-être est-ce pour cela que tu sais si bien coucher nos traits sur ton papier. Mais je dois partir maintenant et toi on t'attend en ville.

— Tu as raison, mais n'oublie pas, rendez-vous à la Cour du roi de France. Quand je serai célèbre.

— J'y serai peut-être avant toi, mais n'oublie pas, toi non plus, Sempre endavant[24] *et* Sem y seran sempre catalan[25].

— Sempre endavant, *approuva l'enfant, voilà une devise qui me plaît, je m'en souviendrai. Adieu ! Je dois y aller, sinon ma mère et mon petit frère Gaspard s'inquièteront, ajouta-t-il en bouclant précautionneusement sa besace où il avait enfermé la précieuse racine de garance.*

Il se précipita vers le sentier qui redescend vers le village sans même se retourner. Je le suivis des yeux pendant quelques instants puis me relevai en soupirant. J'enveloppai d'une feuille de papier épais la poignée de terre que je venais de ramasser en prononçant ces mots si souvent entendus dans la bouche des Anges de la terre, Visca la terra[26], *et le souvenir sacré vint rejoindre le bout de ruban rouge et jaune, couleur sang et or, que j'avais retrouvé dans le pré juste au-dessus de notre mas. Un bout de ruban que tu avais dû égarer en fuyant les soudards.*

---

[24] Toujours de l'avant.
[25] Je suis et nous serons toujours des Catalans.
[26] Vive la terre.

Adieu, ma sœur, brûle cette lettre pour ne pas qu'elle tombe entre des mains malintentionnées. »

Je repose la lettre sur ma coiffeuse, les larmes aux yeux. Ces quelques mots m'ont transportée chez moi, dans mon village, avec mes amis.

Ainsi donc, mon frère est le commanditaire de ce fameux dessin. Quelle est l'identité de ce mystérieux artiste ? Un enfant encore ! Personne de ma connaissance n'a ce talent. Je dois le retrouver avant que les hommes de Vauban et du roi ne mettent la main dessus et ne le forcent à parler.

Estéban, qu'as-tu fait ? Je connais maintenant tes motivations : retrouver les hommes représentés sur ce tableau et te venger. N'as-tu pas déjà commencé ton œuvre ?

Je veux t'en empêcher, coûte que coûte ! Il ne me reste plus que toi au monde et je ne supporterais pas que tu succombes sous les coups de l'impitoyable justice du roi.

Le dessin est pour l'heure soigneusement plié dans les poches de monsieur de Vauban. Qu'il y reste et qu'il ne tombe dans aucune autre main, honnête ou malhonnête. Et surtout pas dans celles de mon frère !

Quant aux sieurs Sydenham et Lémery, il devient urgent que je les joigne. J'ai soigneusement noté l'adresse donnée par Molière et je vais affûter mes arguments auprès de la reine pour trouver la bonne occasion de m'y rendre en toute discrétion car Vauban me soupçonne encore et par-delà, le roi et sa police. Pourront-ils enfin me donner des nouvelles de mon frère ? Les avertir de l'intérêt que leur porte le roi est devenu capital !

Selon les dernières recommandations d'Estéban, je brûle la missive après l'avoir relue plusieurs fois pour garder en mémoire chacun de ses mots.

Il me reste à convaincre la reine de me laisser aller rue Galande. Cela ne devrait pas être la plus difficile de mes tâches !

CHAPITRE 11

– À la demande d'une dame présente dans l'assemblée et dont je tairai le nom pour ne pas offusquer sa pudeur, je vais maintenant vous reproduire une expérience que j'ai mise au point afin de confondre les empoisonneurs qui, m'a-t-on rapporté, sévissent en ce moment dans cette bonne ville de Paris. Ma modestie de scientifique devrait m'obliger à avouer : pour essayer de confondre ces individus, tant leur habileté dans la duperie est grande.

Dans la foule qui se presse rue Galande pour assister aux cours de Nicolas Lémery, les loups de dentelle noire se saluent avec déférence. Ces dames de la Cour qui se précipitent dans ce nouvel endroit à la mode, fascinées par la science du jeune professeur protestant, se veulent discrètes, surtout lorsque la leçon du jour traite des poisons.

Pourtant, nul n'est dupe et la marquise de Sévigné la première a reconnu sous son masque noir la favorite du roi en personne, la Montespan, qui joue à la bonne élève, réclamant en minaudant auprès du professeur des conseils et des démonstrations claires et avisées.

Suzon l'a accompagnée et j'ai plaisir à revoir mon

amie que je n'ai pas eu l'occasion de rencontrer en tête à tête depuis l'arrestation de son père. Sait-elle que ce monstre a cherché à m'accuser et avait volé des herbes et un dessin dans mes affaires personnelles ? Je dois me contenter pour l'heure de lui envoyer un discret baiser du bout des doigts auquel elle me répond d'un sourire triste.

Pour ma part, ma position à la Cour est si négligeable qu'il ne m'est pas nécessaire de venir masquée, nul ne se moquera de ma présence ici.

Lémery m'a tout de suite reconnue, mais en homme prudent et avisé il n'a pas cillé lorsqu'il m'a vue entrer dans cette cave qui lui sert de laboratoire et de salon et où il enseigne à tous ceux que les nouvelles sciences transportent.

Quelques minutes avant sa leçon, dès que le flot de ses disciples qui l'entourent et le pressent de questions se fut un peu calmé, les laissant chercher chaises et tabourets pour s'installer avant le cours du maître, je me suis discrètement approchée et ai murmuré, aussi près que possible de son oreille que me le permettait la bienséance :

– J'ai besoin de vous voir de toute urgence, monsieur, c'est important.

– Entendu, m'a-t-il répondu d'une manière si discrète qu'il en bougeait à peine ses lèvres, restez la dernière, nous discuterons.

Je cherche parmi l'assemblée l'Anglois, Thomas Sydenham, mais celui-ci reste invisible. Molière, lui, est bien là et me salue galamment lorsqu'il croise mon regard. Il se tient au fond de la pièce et prend des notes. Travaille-t-il ici pour le compte du roi ?

– Je broie et concasse en fine poudre dans un mortier en pierre les petits gâteaux apportés par ladite dame il y a quelques jours et dont j'ai gardé pour cette nouvelle démonstration quelques pièces, commente le maître en présentant à l'assistance qui le contemple bouche bée le pilon et l'auge où il pratique son expérience. Je plonge la poudre ainsi obtenue dans de l'eau pure recueillie ce matin même à la fontaine des Innocents, je remue l'ensemble avec force mais point trop d'entrain pour éviter l'échauffement. Je filtre ce mélange pour éliminer les impuretés, toutes matières qui ne sauraient intervenir dans l'effet, un ballast inutile en quelque sorte et qui risquerait de perturber ma démonstration. Je vais maintenant vous demander, mesdames et messieurs, propose-t-il avec emphase, de vous déplacer dans la pièce voisine où mon assistant va vous présenter un des plus beaux alambics de la place de Paris, appareil qui me permettra de poursuivre ma démonstration.

Ces dames s'ébrouent dans un bruissement de soie, des tabourets tombent à terre que nul ne vient relever, et tout ce petit monde, à la queue leu leu et en baissant la tête pour ne pas se heurter au linteau de la porte qui est fort bas, se précipite pour aller contempler la nouvelle machine.

Lémery est déjà installé devant son alambic, le plus grand qu'il m'ait été donné de contempler, deux fois supérieur en taille à celui qui trônait dans le laboratoire de maître Henry Verchant à Montpellier.

La cuve en cuivre a été briquée et un feu vif ronfle à sa base.

– Nous devons aux Arabes, explique Lémery d'un ton doctoral, cet *Al Ambiq* sans lequel nous ne pourrions obtenir à ce jour une seule goutte d'alcool à partir des plantes, feuilles, fruits et noyaux dont la nature nous a si bien pourvus. L'opération que je vais vous exposer s'appelle la distillation et son procédé en est simple. J'extrais les principes actifs recherchés du liquide dans lequel ces derniers sont actuellement dissous en les faisant passer à l'état de vapeur. Je vais donc porter à ébullition le mélange dans cette cuve en cuivre, commente-t-il en désignant d'un long bâton en bois chaque partie de l'appareil que son assistant est en train de manipuler. Au contact de ce serpentin en verre placé au-dessus de la cuve et dans lequel circule un courant d'eau froide, les vapeurs refroidies se retransformeront en liquide qui viendra s'écouler goutte à goutte dans ce vase en faïence posé au pied de l'alambic où je récolterai alors de l'essence purifiée.

— De la vraie magie ! s'exclame une femme dans l'assistance.

— En aucun cas, madame, rétorque-t-il avec humeur, et que ce mot venu des anciens temps ne rentre jamais dans ce laboratoire. Il s'agit là, madame, de science, et précisément de science physique. C'est une observation des plus simples qui consiste à constater que les émanations qui sortent de votre bouche, réchauffées à la température de votre corps, explique-t-il à grands renforts de gestes et de pantomimes que Molière semble fort apprécier tant il prend plaisir à les noter, se transforment en fines gouttelettes d'eau au contact d'un élément extérieur plus froid, un miroir par exemple. C'est le même principe qui est appliqué ici.

— Que cela est beau, approuve l'assemblée.

— Vous constaterez, mesdames et messieurs, que l'odeur de l'essence recueillie par mon assistant, ainsi concentrée et purifiée, est forte, alors que la fragrance de la poudre en solution dans l'eau était anodine, ajoute-t-il en faisant passer dans l'assemblée le vase où il a récolté quelques gouttes de la précieuse huile essentielle.

– Oui, elle est même agréable aux narines, je dois le reconnaître, approuve le masque noir derrière lequel se cache la Montespan.

– Je vous épargne maintenant les détails de mon expérimentation suivante, mais sachez que j'ai administré ce distillat à des animaux en utilisant différents subterfuges afin que les bêtes ne soient pas rebutées par l'odeur tenace ou un goût qui leur serait désagréable. Je l'ai donc mélangé à du poumon de porc.

– Quelles espèces avez-vous utilisées ? interroge encore cette garce de Montespan.

Celle-ci est décidément passionnée par les sacrifices d'êtres vivants ! Suzon, en tremblant, m'a rapporté, il y a quelques semaines déjà, qu'elle en pratique elle-même en cachette, et sur des êtres humains, des nouveau-nés arrachés à leur mère à qui l'on a fait croire que leur progéniture n'était pas viable.

Ma pauvre Suzon craint si fort pour l'enfant qu'elle porte et qui commence déjà à bouger dans son ventre qu'elle n'a cessé de pleurnicher en me contant ces faits. Moi aussi j'en pleurais en caressant son abdomen qui frissonnait !

Ces messes noires dont le roi a déjà eu quelques échos par son fidèle La Reynie lui coûteront très cher le jour où Sa Majesté se lassera de protéger ses folies et ses malversations.

– Quatre pigeons attrapés sur le parvis de Notre-Dame, répond Lémery.

– Un lieu moins sacré eût été préférable, proteste une dame de la Cour. On voit que monsieur est un hérétique.

– Un chien bâtard qui rôdait près du faubourg

Saint-Antoine, continue encore Lémery qui n'a pas relevé l'acerbe critique, et deux chats ramassés au marché Saint-Germain.

— Et alors ? questionne avidement la putain du roi.

— Le chien se porte à merveille.

— Fort bien.

— Les pigeons ont lâché une fiente malodorante puis ont fourré leur bec sous leur aile et se sont effondrés au fond de leur cage.

— Et les chats ?

— Comme fous ! Bavant, se jetant en rugissant sur les barreaux de leur cage, puis se raidissant sur leurs pattes, haletant et finissant par agoniser. À l'autopsie, les entrailles, le foie, l'estomac et les intestins étaient pourris.

— Comment expliquer alors que le chien se porte comme un charme ?

— Je vois deux solutions à cette énigme. La première serait qu'il soit insensible au poison contenu dans le gâteau. Ainsi chaque espèce animale a ses particularités, la chèvre broute sans vergogne des feuilles de tabac qui tueraient son homme, et le cœur du chien ne supporte pas plus que quelques grammes de chocolat, cette nouvelle friandise dont raffole maintenant la Cour qui semble fort bien s'en porter depuis que la reine l'a rapportée de son pays.

— Le chocolat pourrait tuer un chien ? s'étonne la Montespan.

— Cela a déjà été montré, madame, confirme Lémery. L'animal meurt alors de faiblesse du cœur qui a été infiltré de graisses malsaines. La bête en est friande, mais c'est la condamner que de la gaver de ces sucreries.

— Cela pourrait-il expliquer la disparition dans

d'atroces douleurs d'un de mes petits bichons préférés dont cette sotte de Suzon avait la charge ?

– Si l'on a donné trop de chocolat à cet animal, c'est une solution à envisager.

– Suzon, venez ici immédiatement, stupide fille ! se met soudain à hurler la harpie en cherchant du regard mon amie qui tremble de peur au fond de la salle.

– Madame, c'est vrai, j'ai fait une bêtise, avoue celle-ci qui s'approche de sa maîtresse à petits pas, la tête baissée, ravalant ses larmes avec peine. J'ai donné en jouant de ces petites dragées à votre chiot. Il en a raffolé et en a redemandé en jappant tout autour de mes jupes. Il était si attendrissant. Je lui en ai donné une deuxième, il jappait de contentement, et encore une troisième. Et puis soudain, il s'est couché sur le dos. Je croyais qu'il voulait jouer, mais…

– Épargnez-moi les détails, petite sotte, ce n'était pas la première fois j'imagine, gronde la mégère.

– Non, madame, mais ce jour-là, il est mort dans le quart d'heure qui a suivi, conclut Suzon en baissant la tête pour cacher les grosses larmes qui coulent sur ses joues duvetées.

– D'où venait ce chocolat ?

– De votre réserve personnelle, madame, que vous cachez dans votre boudoir parce que Sa Majesté en déteste l'odeur.

Devant tant d'innocence et de franchise, et surtout le ridicule de la situation, la Montespan devrait se calmer, mais dévoiler ainsi tous ses petits secrets d'alcôve devant une grande partie de la Cour qui ricane sans vergogne, cachée sous des masques ou dissimulée derrière des éventails, la rend folle furieuse.

Elle soufflette violemment ma Suzon qui, de douleur, s'effondre au sol.

Je me précipite, l'aide à se relever et à s'asseoir sur une chaise que l'assistant de Lémery vient de nous apporter. Je lui tapote la main et essuie ses larmes avec mon mouchoir. Suzon presse ses deux mains sur son ventre comme pour rassurer l'enfant qu'elle porte.

Bien qu'il ne s'agisse que d'une servante, un murmure de réprobation monte dans la salle où cette ordure de Montespan ne semble guère être appréciée.

— Madame, proteste à son tour Lémery, je vous remercierais de préserver la tranquillité de ce lieu et de réserver vos affaires de ménage à vos appartements.

La Montespan ne daigne pas répondre et se rassoit sans ajouter un mot.

— On m'a rapporté à propos du chocolat, intervient fort à propos la marquise de Sévigné qui a baissé son loup de dentelle, et je l'ai d'ailleurs écrit à ma fille, que la marquise de Coëtlogon qui aimait tant le chocolat alors qu'elle était grosse, a accouché d'un bébé noir comme un diable qui est mort dans les premières minutes après la délivrance.

— Sornettes que tout ceci, grommelle Lémery. On m'a également précisé que le chocolat en question lui était porté matin et soir, au bord de son lit, par un jeune esclave noir, ce qui aurait dû ouvrir les yeux à ce pauvre marquis.

Le public s'esclaffe.

— Pour en revenir à votre expérience, quelle est votre deuxième proposition ? interroge du fond de la salle un homme en élégant costume de soie bleu.

— Intéressante également, s'empresse de répondre Lémery plus à l'aise sur ce terrain que sur celui des affaires de mœurs. C'est la formule du roi Mithridate qui régna plusieurs siècles avant notre sauveur Jésus-Christ et qui, craignant tout particulièrement son entourage, acquit une connaissance parfaite des poisons et de leurs antidotes. Il absorba régulièrement et pendant fort longtemps de petites doses de poison qui renforcèrent son corps et le rendirent insensible aux plus fortes doses. Le pauvre animal, amené à survivre dans des conditions difficiles, aurait appliqué ce principe sans le savoir.

— Mais comment est mort ce Mithridate ? demande encore l'homme au costume bleu.

— L'époque était trouble. Acculé par ses nombreux ennemis, il a tenté de se suicider mais le poison bien sûr a été inefficace et c'est un de ses esclaves, un mercenaire, qui a dû le poignarder.

— Mon Dieu, quelle horreur ! s'écrient les femmes de la Cour en secouant leurs éventails d'un air effarouché.

— Mithridate, dites-vous ? Joli nom et beau thème pour une pièce de théâtre, note Molière.

— Pour distraire ces dames un peu émues par tous ces événements, propose encore une fois l'homme en bleu, j'aimerais que vous nous parliez de la mandragore. On raconte tellement de choses extravagantes à son propos.

— Si cela vous sied, acquiesce Lémery. Sachez tout d'abord que c'est une plante dont la racine en particulier renferme des principes narcotiques et sédatifs fort puissants. On en imprègne des éponges que l'on applique sur la bouche et le nez de ceux que l'on opère, pour l'amputation d'un membre par exemple, acte particulièrement délicat pour les barbiers qui le pratiquent.

— Oh ! s'écrient ces dames avec effroi.

— Elle a d'autres vertus, elle peut être utilisée pour le traitement des ulcères, des furoncles, des menstruations, pour faciliter les accouchements, parfois même les faire s'activer un peu plus que la nature ne l'autorise, précise-t-il à voix plus basse, pour lutter contre la stérilité, ajoute-t-il d'une voix plus assurée, comme contrepoison des morsures de serpent.

— Mais un morceau de racine de mandragore coûte le prix d'un an du salaire d'un ouvrier, surenchérit une femme que je devine être madame de La Fayette.

— Parlez-nous donc de sa cueillette, insiste pour sa part la Montespan dont la bouderie semble envolée.

— Qui me connaît sait que je déteste ces manières, mais selon certains esprits qui se disent scientifiques et dont je tairai le nom, la mandragore est récoltée suivant un rituel bien précis auquel il ne faut en aucun cas déroger, s'empresse de poursuivre Lémery.

— Utilise-t-on la main gauche ou la main droite ? s'exclame dans la salle une dame que je ne reconnais pas.

— Qu'importe. L'individu dans tous les cas se couvrira le visage d'un masque et portera une bonne paire de gants qu'il réservera à cet usage exclusif. À mon goût ceci n'est que sornettes, mais on recommande au cueilleur de ne pas s'exposer aux mauvais effets de la plante et de se protéger de ses maléfices qu'il pourrait subir.

— Ceux qui préconisent ces méthodes ont bien raison, affirme un homme du fond de la salle, la mandragore est une tueuse et même la cueillir peut entraîner le malheur.

— Chut !!! proteste la salle.

— Pour faire plaisir à monsieur, poursuit Lémery imperturbable, et comme le fit Ulysse pour ne pas succomber aux charmes des sirènes au cours de son *Odyssée*, il faut se boucher les oreilles avec de la cire réchauffée entre des doigts innocents et enfoncée bien profondément tout au fond de l'appendice auriculaire. Car la mandragore tuerait celui qui entend son cri.

– Oh ! s'écrie de nouveau la foule.

– Enfin, c'est ce que l'on raconte ! Et grâce à cet artifice, le cueilleur reste sourd aux effroyables cris que pousse la plante lorsqu'on essaie de l'arracher.

Tout en prononçant ces paroles, Lémery mime l'opération de malaxage et son introduction au fond de l'oreille.

Molière apprécie le jeu de scène.

– Une autre méthode consiste à utiliser un chien noir que l'on tient en laisse avec au moins un mètre de corde. Trois cercles sont tracés sur le sol pour circonscrire la portée maléfique de la plante. On n'aura pas oublié bien sûr de glisser son index dans la bouche pour l'humecter et, tout en gardant son doigt pointé vers le ciel, de chercher le sens de la brise pour rester face au vent. Et on laisse le chien gratter la terre à notre place, précise encore Lémery d'un ton ironique qui ne cache pas son mépris pour ces procédés venus du fin fond du Moyen Âge mais que je sais être encore pratiqués.

– Comment la reconnaît-on ?

– Ressemble-t-elle à un diable cornu et crachant le feu ?

– C'est une plante d'apparence anodine et modeste qui n'attire pas l'attention, reprend Lémery d'un ton plus sérieux. À première vue.

– On dit qu'elle s'épanouit de préférence au pied des gibets, surtout ceux où l'on a pendu des mâles, insiste la marquise de Sévigné.

L'œil des femmes de l'assemblée brille, elles veulent en savoir plus.

— Innocents ou coupables, ces hommes ont une ultime érection avant d'agoniser, et leur sperme vient enrichir la terre et fournir un engrais qui réussit parfaitement à la mandragore, c'est exact, confirme Lémery. Au printemps apparaît une rosette de feuilles plaquée au sol, surmontée d'une tige courte elle-même ornée de petites fleurs aux pétales soudés qui évolueront en fruits globuleux de couleur blanc jaunâtre. Mais c'est sous terre que la mandragore devient un diable. La racine HOMME.

Lémery a prononcé ces derniers mots d'une voix lugubre, jetant des regards terrifiants vers l'assemblée qui l'écoute bouche bée.

— Décidément, je ne lui connaissais pas ces talents, murmure Molière qui s'est approché de moi. Pour ma prochaine pantalonnade, je verrai à lui réserver un rôle.

— Que ne doit-il pas faire pour survivre, soupiré-je à mon tour, entretenir des relations avec des incultes qu'il méprise pour obtenir des crédits à la Cour et poursuivre ses recherches sans être inquiété.

— Que dire de moi-même, qui fréquente des salons pour en colporter auprès de Sa Majesté des indiscrétions propres à le rassurer sur la moralité de sa maîtresse.

— Oui, HOMME, poursuit Lémery, deux bras, deux jambes, une tête. Celui qui résiste à la peur possède un trésor qui lui octroiera pouvoir, richesse et même, même l'IMMORTALITÉ, déclare-t-il avec emphase.

— Blasphème ! Sorcellerie ! proteste la femme masquée qui a déjà traité Lémery d'hérétique.

— C'est effectivement de la sorcellerie, ironise-t-il, celle dont fut d'ailleurs accusée Jeanne la Pucelle qui en portait sous sa chemise. N'a-t-elle pas sauvé pourtant le roi de France ? Et en me demandant de vous parler de la mandragore, n'était-ce point un peu ce que vous attendiez de moi ?

— Notre parpaillot est vexé, me souffle Molière. Je ne sais si ce sont ces esprits trop crédules ou l'impertinence de ces précieuses qui l'épuisent, mais il est temps pour lui de lever séance. La représentation est terminée, mais son public est satisfait. Quel succès ! Heureux homme !

Effectivement, la leçon du jour est terminée. Lémery et son assistant sont épuisés et tous deux s'essuient la figure avec une grande pièce de tissu blanc.

Ces dames s'éclipsent, leur professeur les salue avec respect. Je suis des yeux ma Suzon qui me semble si triste. Les hommes échangent quelques mots de politesse avec le maître et partent à leur tour.

— Rentrez-vous sur Saint-Germain ? me demande Molière.

— Je souhaiterais profiter de ma venue à Paris pour faire quelques emplettes, lui mens-je effrontément en espérant qu'il ne s'attarde pas trop à mes côtés.

— Je vous abandonne alors, mademoiselle, mais j'ai beaucoup appris ce jour et ne manquerai pas d'en faire part au roi.

La cave se vide peu à peu. Je me réfugie au fond de la salle, prétextant un grand intérêt pour l'alambic autour duquel je tourne inlassablement, caressant les cuivres de la cuve, humant les quelques gouttes d'huile essentielle restées au fond du pot en faïence où Lémery a récolté le distillat.

L'homme au costume bleu semble également s'intéresser de près à la machine, mais il se lasse plus vite que moi et quitte la pièce comme à regret.

— Nous sommes seuls, suivez-moi, on vous attend.

Je sursaute car je n'avais pas entendu les pas de Lémery qui s'est approché de moi sans que j'y prenne garde.

Il ouvre une petite porte que je n'avais pas remarquée et qui dissimule des escaliers nous conduisant vers une seconde cave encore plus profonde, et me fait signe de le suivre.

Ai-je raison de lui faire confiance ? Mon frère m'a vanté les qualités de cet homme mais je ne suis, après tout, qu'une jeune fille sans défense. C'est pour Estéban que je fais cela car j'ai le profond espoir que ce Lémery me mène vers un des nôtres qui saura me donner des nouvelles de mon frère.

Je ne peux plus reculer, la porte s'est refermée derrière nous et je me colle aux basques de l'homme devant moi qui porte la torche, unique source de lumière au fond de ce trou.

CHAPITRE 12

Le souterrain humide et obscur me semble sans fin. On m'avait raconté que le sous-sol de Paris est truffé de tunnels, de galeries, de grottes et de cryptes où se réunissaient autrefois les chrétiens qui voulaient échapper aux persécutions, mais j'ignorais que leur existence fût réelle.

Soudain…

– *Hi, miss* !

– *Bonjourt*, Agnès !

Deux hommes m'attrapent par le bras sans ménagement et me tirent au centre d'une pièce éclairée par des chandeliers posés sur une longue table en bois. La vive lumière m'éblouit et me blesse les yeux, mais ce sont des larmes de joie qui m'aveuglent car j'ai reconnu les voix : celle de l'Anglois Sydenham et surtout celle d'Estéban, mon frère !

– Alors, petite bruche, tu m'as enfin trouvé ! Tu n'as pas perdu de temps. Comme tu as grandi et que tu es belle dans ces habits de soie. La vie à la Cour te réussit bien.

– Estéban, enfin ! Toi aussi, tu as changé. Tu as…

– Vieilli, je sais, mes cheveux sont blancs et pourtant je n'ai pas encore trente ans. Les tracas vois-tu, mais ne t'inquiète pas, tout ceci n'est qu'apparence.

– Raconte-moi !

– Te raconter ma vie au-delà des mers serait beaucoup trop long, ma sœur, mais sache que j'ai eu beaucoup de temps pour réfléchir.

– Tu ne veux donc plus te venger ?

– Que nenni, comme l'on dit à la Cour du roi de France, ce sentiment reste profondément ancré en moi, mais disons que mes pratiques ont évolué.

– C'est trop dangereux. Je me suis renseignée, Noailles n'a toujours aucune pitié envers les nôtres et s'il te reconnaissait il te ferait pendre. Pour l'heure, on te croit disparu.

– Je compte bien le rester, ma sœur, et d'ailleurs je te demande de ne pas revenir ici et à aucun prix d'essayer de chercher à me joindre. Si par hasard tu me rencontrais dans un des lieux que tu fréquentes, maîtrise-toi, je ne suis plus ton frère, Estéban Sola-Massuch est mort, comprends-tu ?

– Oui.

– N'essaye pas non plus d'agir par toi-même. Si tu as besoin de moi, laisse un mot sur ta coiffeuse que tu adresseras tout simplement à Nicolas Lémery, un de mes hommes me le fera passer.

– Comment ?

– Tu ne dois pas le savoir.

– Pourquoi ?

– Pour ta sécurité. Mais ne t'inquiète pas, petite sœur, tu me seras utile, très utile pour ma vengeance. Tu es devenue demoiselle d'honneur de la reine, n'est-ce pas ?

– Oui. Est-ce un reproche ?

– Pas du tout, bien au contraire, tu as été très habile.

– Que lui veux-tu ? La reine de France n'est qu'un paquet de dentelles et de soie qui a été échangé contre notre territoire et quelques forteresses dans le nord de la France, un ventre supposé porter les futurs héritiers de la couronne, si les bâtards que son « forniqueur » de mari multiplie à l'envi ne leur volent pas le trône avant leur majorité, une femme trompée, humiliée devant la Cour, qui prie Dieu et suit la messe chaque jour.

– Comme tu as grandi, ma sœur, et comme tu parles bien, mais quelle haine dans ta bouche. Tu ne pourras donc pas comprendre. J'ai un cadeau pour cette pauvre femme qui a décidément bien besoin que l'on s'occupe d'elle et j'apprécierais que tu le lui remettes de la part d'un certain chevalier L'Aristoloche.

– Qui est ce chevalier et que dois-je lui remettre ?

– Quelle méfiance, on dirait que tu cherches à la protéger.

– Je ne te comprends pas.

– Qu'importe, laisse-moi faire. Tu découvriras le chevalier toujours assez tôt, invente ce que tu veux à son propos, qu'il vient de loin, des Amériques par exemple, quant au présent, c'est du chocolat de chez Frigola, le meilleur maître épicier de Perpignan. Je sais qu'elle en est très friande.

– Tu veux l'empoisonner ?

– Ce n'est pas un petit chien, ricane Lémery qui jusqu'à présent n'a rien dit, et si vous ne le laissez pas entre les mains de votre jeune amie Suzon, rien de fâcheux ne devrait arriver.

– Suzon n'a rien fait de mal.

– Qui est Suzon ? intervient Estéban.

– Une bonne amie, elle sert la Montespan.

– La favorite du roi ! Une très jolie blonde m'a-ton dit, appétissante à souhait. Ma sœur, ne te fâche pas, dit-il en m'embrassant devant mon air contrarié, je plaisantais. Le poison n'est en principe pas mon arme, surtout contre une femme. Ce chocolat est délicieux, je t'en prie, fais ce que je te demande.

— Bien, puisque tu y tiens. Quand te reverrai-je pour que nous parlions un peu plus ?

— Bientôt, beaucoup plus vite que tu ne l'imagines.

— Une dernière chose. Qu'en est-il du garçon qui a fait les portraits des assassins, le dessin que tu m'as fait remettre? Car ce sont eux, n'est-ce pas ? Quelle étrange mission à confier à un enfant !

— Ah ! Ces fameux portraits, me répond-il avec une désinvolture qui m'étonne. J'ai failli les oublier. Tu as raison, ce sont les hommes qui ont massacré notre famille et qui s'étaient rassemblés dans une taverne pour fêter *el dia de l'os* et la fin de leur mission. Je crois te l'avoir raconté dans ma lettre. On m'a rapporté qu'on te l'a malencontreusement dérobé ?

— J'en suis désolée, mais il a été retrouvé et est actuellement sous la garde de Vauban.

— L'enfant, hésite mon frère en échangeant avec les deux autres hommes un drôle de regard, l'enfant est maintenant chez un maître à Carcassonne pour approfondir son art.

— Il faut aller à sa rencontre, les hommes de Vauban et de La Reynie peuvent le retrouver avant nous et le faire parler.

— Il ne dirait rien, il est des nôtres, rétorque Estéban, quant à Vauban, ma sœur, c'est un homme suffisamment fin et intelligent pour se passer du témoignage d'un enfant innocent.

Je ne suis pas du tout satisfaite par cette réponse, mais que faire ? Mon frère m'a intimé l'ordre de ne pas intervenir ni de chercher à agir et je lui obéirai. Mais j'ai une autre question qui me préoccupe. J'hésite à dévoiler ma perplexité devant Estéban, mais le doute me ronge et me torture.

— Es-tu arrivé depuis longtemps dans les environs de Versailles ? finis-je par lui demander.

— Que veux-tu dire ?

— J'entends par là, y a-t-il juste quelques jours ou déjà quelques semaines ?

— Un temps suffisant pour me permettre d'agir, ma sœur, tu n'as pas besoin d'en savoir plus.

Encore une fois, je suis déçue. Ai-je traversé tout le royaume de France, patienté si longtemps avant de retrouver mon frère, pour me faire traiter comme une enfant ? J'ai grandi, Estéban devrait s'en rendre compte et me faire confiance. Sait-il même que ce dessin est passé entre les mains d'un de nos assassins qui en a certainement averti ses comparses ? Ses informateurs l'ont-ils aussi bien renseigné que moi qui couche dans les appartements de la reine, croise le roi et ses ministres ? Je préfère me taire. Pour l'heure !

J'ai cependant un dernier message à faire passer, j'espère que cette fois-ci, ils m'écouteront.

— Monsieur Sydenham, dis-je en m'adressant à l'Anglois, le roi de France, qui a fort apprécié vos écrits sur les fièvres récurrentes, maux dont il souffre depuis sa prime jeunesse, voudrait vous rencontrer et recevoir votre avis sur le commerce d'un certain Talbor ou Talbot.

À ma grande surprise, les trois hommes éclatent de rire.

— Cette demande tombe fort à propos, tente enfin de m'expliquer l'Anglois, et je déléguerai mon meilleur ambassadeur, le chevalier L'Aristoloche, qui saura convaincre son roi.

— À défaut de séduire sa femme, surenchérit mon frère d'un ton rieur et énigmatique. Petite sœur, il serait trop fastidieux de t'expliquer cela maintenant, Nicolas va te reconduire, il ne faut pas que ton absence auprès de la reine soit trop longue. Je te promets, dit-il en m'embrassant malgré mon air revêche et boudeur, que *Visca la terra*.

CHAPITRE 13

Le terrible froid de l'hiver persiste encore et s'immisce jusque dans nos appartements mal chauffés.

Pour la première fois de ma vie, j'ai célébré les fêtes de la Nativité, le *Pessèbre* ainsi que nous l'appelons, loin de chez nous et des miens.

Depuis cette visite chez Lémery, il y a quelques semaines déjà, je n'ai pas revu mon frère ni reçu de ses nouvelles. Il me manque tellement !

Mes nuits sont hantées de terrifiants cauchemars malgré les infusions de tilleul et de valériane que je m'oblige à boire chaque soir avant de me coucher. Mon sommeil est agité, le rire des dragons y résonne à mes oreilles. Des ombres rôdent dans ma chambre. Des espions ? Les hommes de La Reynie, de mon frère, de ce fameux chevalier L'Aristoloche ? Peut-être celle de l'homme au costume bleu entrevu chez Lémery, que j'ai recroisé à plusieurs reprises depuis et dont je ne sais que penser.

L'autre soir, j'ai même cru deviner des figures au-dessus de ma couche, des bouches immondes qui murmuraient des mots dont je ne comprenais pas le sens, évoquant un enfant qu'il fallait protéger d'une femme perturbée qui serait capable de tuer.

Je me suis réveillée en sursaut, la chemise collée par la sueur, le cœur cognant dans ma poitrine. Il n'y avait personne. J'ai veillé jusqu'au matin et ai prétexté un malaise passager pour ne pas me rendre ce jour-là auprès de ma maîtresse qui m'attendait.

Ma maîtresse justement, la reine, se porte comme un charme. Elle m'a fait lui détailler la leçon de monsieur Lémery. Je ne lui ai rapporté, bien sûr, que les détails que je jugeais pertinents.

Elle n'a pas beaucoup ri aux propos de madame de Sévigné contant les mésaventures de la pauvre marquise de Coëtlogon, cela ne m'a pas surprise tant elle est pudibonde, mais la ridicule intervention de sa rivale, la Montespan, houspillant sa servante devant toute une assemblée après que l'on eut dévoilé ses secrets d'alcôve, l'a mise d'excellente humeur. Je n'ai pas insisté sur le décès du petit chien de cette putain, ma maîtresse est trop sensible et cela lui aurait gâché la journée.

Les chocolats du fameux chevalier L'Aristoloche ont été fort appréciés. J'ai bafouillé quelques explications qui ont semblé satisfaire la reine, bien qu'à mon oreille elles semblaient peu crédibles. Elle les a dévorés avec une jouissance presque obscène, usant de peu de délicatesse pour se lécher les doigts, ce qui lui ressemble peu. Que lui écrivait ce personnage dans le mot cacheté glissé dans la boîte de friandises et qu'elle ne m'a pas montré ? Je l'ignore et n'ai pas réussi depuis à remettre la main dessus, tant elle le garde soigneusement caché par-devers elle.

La Montespan est de plus en plus odieuse avec ma Suzon. Elle a découvert qu'elle est grosse et menace chaque jour de la chasser. Que deviendrait-elle alors ?

Cette garce n'a pourtant qu'à bien se tenir car il y a quelques semaines on a retrouvé chez l'officier Godin de Sainte-Croix, des papiers accusant sa maîtresse, la marquise de Brinvilliers, d'avoir tué plusieurs membres de sa famille.

La marquise est étroitement surveillée par les hommes de La Reynie depuis la mort suspecte de son père et de ses frères, mais ceux-ci n'avaient jusqu'à présent trouvé aucun élément pour la confondre. La confession de Sainte-Croix a éclaté comme un coup de tonnerre car elle impute aussi à la marquise de Brinvilliers des morts suspectes chez des pauvres venus lui demander l'aumône ou chez des malades qu'elle visitait à l'hospice, d'innocentes victimes sur lesquelles elle se serait fait la main ! Or ce sont autant d'excellentes adresses que cette criminelle partage avec la Montespan.

Tout cela le roi le sait, mais pour l'heure il ne peut se passer de sa blonde galante.

Molière prépare une nouvelle pièce. Sur les conseils appuyés du roi, elle traitera des médecins, de leur flagornerie et de leur incompétence. Nous en discutons souvent ensemble, il m'a fait lire quelques pages qui m'ont beaucoup fait rire.

Je le trouve cependant triste et désemparé, inquiet du sort de sa troupe si cette comédie ne plaît ni au roi ni à la Cour. Son état d'épuisement m'inquiète. J'essaye de le rassurer du mieux que je le peux mais dans ce cas-là j'ai peur que mes pouvoirs aient peu d'effet.

La Quintinie profite du mauvais temps qui le retient loin de ses jardins et de son potager pour parachever l'œuvre de sa vie, un ouvrage décrivant les *Instructions pour les jardins fruitiers et potagers*[27].

Je n'ai pas revu le seigneur de Vauban. Je préfère

[27] Cet ouvrage sera publié en 1690, après sa mort.

ainsi. Lorsque cet homme que je sais probe et honnête me regarde droit dans les yeux, je ne sais plus ni mentir ni jouer la comédie. J'ai peur de nous trahir. Je n'ai pourtant rien fait de mal.

Le roi m'a fait venir plusieurs fois en consultation, comme cela est aujourd'hui. Hélas, mes infusions de saule et de reine-des-prés ne valent guère mieux que les poudres de son médecin, le sieur Daquin, pour le soulager de ses fièvres.

Au moins a-t-il confiance en moi qui ne lui inflige ni purge ni saignée, car pour l'heure, Sa Majesté est de fort mauvaise humeur. Daquin vient de lui prescrire une purge drastique à base d'écorces de bourdaine, de folioles de séné et de rhizomes de rhubarbe. Le mélange sera certes efficace mais irritera également la paroi des boyaux. Pour adoucir la potion et la faire accepter au palais délicat du roi, Daquin y a ajouté du miel de lavande, mais son goût a dû en être atroce car la grimace de Sa Majesté à son passage n'avait rien de royal.

Les contractions des entrailles ne tardent pas, annonciatrices d'une libération prochaine de ses conduits fortement encombrés par les excès de ces derniers jours. Le roi se presse de se rendre sur sa chaise d'affaires afin de pouvoir officier tranquillement.

– Sire, l'interrompt Daquin, je n'ai pas encore étudié vos urines du jour. Un quart de pinte[28] me suffirait.

Le roi s'exécute en soupirant. Il a beau être à la tête d'un royaume qui couvre une bonne partie de l'Europe, il dépend toujours de ses médecins et cela l'enrage.

– Quelle drôle d'odeur ! s'écrie Daquin après avoir reniflé le flacon que lui a tendu Bontemps. Sire, com-

---

[28] Une pinte : unité de volume, environ 950 ml, soit près d'un litre.

ment vous portez-vous ? s'inquiète-t-il.

– Comme un homme qui subit les tortures de ses médecins, bougonne celui-ci.

Le praticien trempe un doigt dans le liquide jaunâtre, le goûte du bout des lèvres et fronce le nez.

– Sire, auriez-vous mangé des asperges ? Il me semble vous avoir demandé d'éviter ce mets lorsque je dois procéder à l'analyse de vos urines. Ces tiges livides, que ce monsieur La Quintinie essaie d'imposer sur votre table, se décomposent de manière infernale dans le corps et engendrent dans les urines une odeur qui trouble l'odorat et masque celle d'un éventuel poison.

– C'est une merveille de la nature que m'a fait goûter mon ami La Quintinie. Des asperges au cœur de l'hiver ! Existe-t-il une seule table en Europe qui puisse se vanter d'un tel prodige ? Et vous ne pouvez l'accuser d'être un empoisonneur, n'est-ce pas ?

– Me permettrai-je d'ajouter, poursuit Daquin qui ne veut pas argumenter sur ce sujet, que Sa Majesté ne suit décidément pas les régimes que je lui prescris. Pas plus tard qu'hier, j'ai aperçu sur votre table des artichauts.

– Vous savez que j'en suis très friand.

– Fort bien, Sire, mais vous les avez dégustés crus.

– Certes, et ils étaient excellents. Monsieur de Vauban, cet infatigable voyageur, de retour d'une tournée en Roussillon m'en a fait livrer toute une caisse. Ce pays n'a donc pas que de mauvaises choses ! Ils sont de couleur violacée, plus petits que ceux que me propose La Quintinie et se dégustent à la croque-au-sel.

– N'oubliez pas, Sire, que l'artichaut gâte le vin, que les deux aliments consommés ensemble ne s'entendent pas et engendrent une amertume fort désagréable en bouche, sans compter que la couleur rouge bordeaux de votre liqueur vire au violacé.

– Qu'importe, s'esclaffe le roi qui se plaît à narguer son thérapeute, je boirai du vin blanc.

– Sire, je me permettrai de rappeler à Sa Majesté que l'artichaut n'est en sorte qu'un chardon sans piquants et que ce sont les ânes qui en raffolent particulièrement.

– Eh bien, je serai un âne royal, répond le roi avec emphase.

Daquin rougit mais ne veut pas s'avouer vaincu et insiste.

– L'artichaut renferme un principe fort utile pour chasser les mauvaises humeurs du foie et clarifier la bile, mais il procure aussi des vents fort incommodants, pour ne pas dire malodorants.

Le roi ne désarme pas.

– Laissez-moi donc avec ces vents, évitez donc de vous mettre dans la direction où ils soufflent et vous n'en serez pas incommodé. Justement, je crois que cela vient, ajoute-t-il, vous allez avoir matière à travailler.

Le bruit qui accompagne ses propos est sans équivoque : la purge a fait son effet.

C'est donc un homme rasséréné qui siège maintenant dans son salon et qui peut accueillir les obligés du jour qu'il recevra, comme il aime à le faire parfois, en toute simplicité, entouré de la reine et de ses demoiselles d'honneur préférées dont j'ai l'honneur de faire partie, de son médecin Daquin, de Colbert, son fidèle ministre des Finances, des nombreux gentilshommes venus faire leur cour et même de monsieur de la Reynie.

– Votre nom, monsieur, et vos titres. Pour votre placet, adressez-vous au roi.

Bontemps souffle ses recommandations à l'oreille de l'homme qu'il introduit maintenant et qui est resté interdit sur le pas de la porte de l'appartement royal, afin que celui-ci s'approche sans plus tarder du grand fauteuil où siège Sa Majesté.

Le nouveau venu avance de quelques pas, hésitant, presque craintif comme tout un chacun qui entre à la Cour pour la première fois et reste ébloui par les fastes qui l'entourent. Mais il a du mal à cacher sa déception. Lui aurait-on promis qu'il verrait le roi en tête à tête ? Quelle innocence ! Quelle impudence !

L'inconnu doit également se sentir grotesque et ce n'est que maintenant, face au roi, qu'il comprend à quel point il a l'air gauche et ridicule. Ah ! J'imagine facilement le bouillonnement de ses pensées, et s'il tenait le maudit fripier qui lui a vendu ce costume dans lequel il a englouti presque toutes ses économies, il lui ferait payer cher sa tromperie.

Notre homme porte une extravagante culotte d'au moins une aune et demie par jambe. Pour cela, le tailleur n'a pas lésiné sur le tissu pour coudre ce costume à rhingrave, avec des plis très abondants, garnis de dentelles, de boucles et de turbans superposés sur le pourpoint, une brassière ouverte devant, assez courte pour laisser voir la chemise bouffante. Un habit d'un luxe extravagant qui n'est plus à la mode de la Cour où le courtisan porte maintenant un habit serré, presque celui d'un dévot, avec des culottes étroites et un justaucorps boutonné. Et surtout, plus de plumes mais un chapeau que l'on garde sous le bras car il est devenu un accessoire inutile depuis que les perruques, elles, ont pris de la hauteur et du volume.

Les femmes ricanent impitoyablement en le voyant ainsi affublé, les hommes toussotent ironiquement.

Le visiteur agite piteusement son chapeau à plumes, baisse les yeux et reste coi quelques instants. Allons, toi qui as toujours résisté à ton ennemi le plus féroce, aux bêtes sauvages et aux caprices de la nature, toi qui attendais tant ce moment, tu ne vas pas te laisser impressionner ! pense-t-il certainement.

Mais son trouble dure peu, il relève la tête, regarde fièrement le roi et annonce tout fort son nom, comme le lui souffle encore Bontemps qui s'agace.

– Chevalier L'Aristoloche, Sire.

– Que dit-il ? s'esclaffe le roi en l'interrompant à ses premiers mots. Il roule les « rrrr » d'une manière si puissante que je perds le fil de ses paroles. D'où venez-vous, monsieur ? Votre accent à la fois rocailleux et chantant est un curieux mélange. Il se rapproche un peu de celui de mon épouse, de mère et de tradition espagnoles.

À ces mots, la reine adresse un grand sourire au visiteur en qui elle vient de découvrir celui qui lui a fait porter des chocolats. Elle est en cela suivie de ses demoiselles d'honneur qui le saluent à leur tour.

Je cache le feu de mes joues derrière mon éventail : je viens de reconnaître Estéban. Mon frère, dont la perruque bouclée cache la blanche chevelure, a choisi de venir se jeter dans la gueule du loup ainsi travesti ? Son habit grotesque ne pourra le sortir du mauvais pas où il vient de se fourrer. Chevalier L'Aristoloche ! Ridicule ! J'en pleurerais de rage mais comme promis je ne dis rien.

– Terrible travers qu'elle partage avec l'un de mes fidèles mousquetaires, Charles de Montesquiou, comte d'Artagnan, un Béarnais pure souche, poursuit le roi.

– Monsieur d'Artagnan et moi-même sommes tous

deux des Pyrénées, Sire, mais pas de la même vallée.

– J'ai juste saisi Pyrénées et vallée, mais je crois avoir compris l'essentiel de votre discours, ironise le roi.

Le Catalan, piqué au vif, se renfrogne. Pourtant il doit poursuivre.

– Pour vous servir, ajoute-t-il après quelques instants de feinte hésitation, un manque avéré de spontanéité, une impolitesse rare, un quasi-crime de lèse-majesté, qui n'échappent ni au roi ni à sa Cour.

Sa Majesté ne relève pas l'insolence du procédé, son sourire est magnanime mais cache sa colère. Ses yeux brillent, il est prêt à en découdre avec cet effronté.

– Chevalier L'Aristoloche. Un titre honorifique donné à l'un de vos ancêtres ?

– Non, Sire, c'est le surnom que m'ont donné les Indiens d'Amazonie. J'ai sauvé leur chef de la mort après qu'il eut été mordu par un serpent.

– L'Amazonie ? Où est-ce donc ? s'enquiert discrètement le roi en se penchant vers Colbert. Est-ce l'un de mes territoires ?

– Pas encore, Sire, ces terres d'Amérique du Sud dépendent de la couronne d'Espagne.

– Ah, je vois ! grommelle le roi.

Se tournant vers La Reynie, son fidèle chef de la police :

– Tâchez de savoir ce qu'il faisait là-bas, les raisons de son voyage, son rôle et le pourquoi de son retour parmi nous.

Puis se reprenant et avec un grand sourire :

– Bel acte de bravoure. Et donc, c'est au cours d'un combat glorieux que vous avez maîtrisé ce monstre, épargnant ainsi la vie de ce sauvage, parodie le roi en se pavanant devant la Cour qui s'esclaffe aux bons mots de Sa Majesté.

Les dames gloussent derrière leurs éventails en dentelle, les hommes claquent leurs talons rouges et se gaussent ouvertement de ce chevalier qui n'a pourtant peur de rien.

— Non, Sire, je n'aime pas combattre. Du moins pas avec des armes, répond le Catalan d'une voix douce. Ce sont ses propres guerriers qui ont achevé la bête. Ce serpent n'était pas un monstre, mais long d'une vingtaine de centimètres tout au plus il crache un venin redoutable, de ceux qui vous mènent inexorablement vers une fin atterrante, une mort précédée d'effroyables tourments, de douleurs incommensurables, d'un délire cauchemardesque face auquel les visions du purgatoire ne sont que pures délices, des souffrances dans tous les membres pires que celles que le Christ a endurées sur la croix.

Des murmures d'horreur s'élèvent dans la salle. Une des demoiselles d'honneur de la reine s'évanouit. On se précipite à son chevet.

— Les sels, vite, entend-on crier dans la salle malgré le brouhaha.

— Cessez vos évocations ridicules ou vous finirez par blasphémer, gronde le roi en se levant de son fauteuil. Monsieur, je vous somme de nous épargner tous ces détails sordides qui importunent ma femme et ses dames.

Disant ces mots, il se retourne vers la reine qui, loin d'être effrayée, dévore des yeux le beau Catalan. Les pupilles exorbitées, les joues enflammées, la carotide qui vibre et les perles de sa poitrine qui se soulèvent à un rythme plus soutenu que d'ordinaire dénoncent l'emballement de son cœur.

– Ma chère, ce chasseur de serpents a l'air de vous avoir séduite et d'éveiller vos sens pourtant bien assoupis, s'étonne le roi après l'avoir observée quelques instants. Seraient-ce son rocailleux accent ou sa peau mate qui vous rappellent les gens de votre pays ? Auriez-vous, vous aussi, abusé de belladone ? Les yeux vous sortent carrément de la tête !

La reine semble se réveiller brusquement d'un rêve profond. Elle ne dit mot, mais ordonne à une de ses suivantes de la ventiler, son éventail permettant de cacher sa face au regard de tous.

– Si ce n'est vous qui avez éliminé cette bête, quel donc a été votre rôle dans cette affaire qui vous a valu une telle considération de la part de ces sauvages ? reprend le roi.

– J'ai étudié la science des venins animaux et l'usage des plantes à la faculté de médecine de Montpellier, explique mon frère. Lorsque les guerriers ont ramené le chef indien au camp, quelques minutes seulement après cet accident, j'ai tout de suite constaté que sa blessure affectait un de ses membres inférieurs, et plus exactement vers son extrémité terminale, le pied. C'était une chance pour que le poison agisse plus lentement. Mais celui-ci était si violent qu'il ne serait resté à Picoytat…

– Picoytat ? questionne le roi.

– Le nom du chef indien, précise Estéban, il ne lui restait donc plus que quelques minutes à vivre. J'ai posé un bandage très serré juste au-dessus du genou, entre son pied blessé et son cœur, empêchant ainsi le sang vicié de se répandre dans tout le corps.

– C'est un procédé que nous connaissons et que nous appliquons depuis des lustres pour empêcher les hémorragies fatales lorsqu'un membre a été sectionné, ricane Daquin, mais je doute fort de son utilité dans ce genre de cas. De plus, si ce bandage serré est abandonné trop longtemps, il y a risque que la gangrène s'y installe et que le membre que l'on a voulu préserver soit perdu.

– C'est aussi un moyen que nous utilisons pour faire parler nos prisonniers, souffle La Reynie, mais nous le réservons à nos suppliciés qui bénéficient de la grande question.

– Sire, je vous ai dit que je n'aime pas me battre, du moins avec des armes, j'aurais dû ajouter avec des armes de guerre conventionnelles, poursuit le Catalan d'une voix douce. Mais sachez que c'est grâce à une plante que j'avais repérée dans la forêt et dont j'avais subodoré les vertus…

– Subodoré les vertus, écoutez ce présomptueux, est-ce ainsi que l'on pratique la médecine ? ricane Daquin.

– Soit, accorde mon frère, disons que j'avais choisi cette plante car un vieux sage m'en avait indiqué l'usage ancestral. Je l'ai essayée sur mon chien qui s'était fait mordre, et la bête s'en était fort bien sortie. C'est une espèce d'aristoloche[29] dont j'avais conservé la racine depuis mon premier voyage sur la côte est des Amériques, une manie chez moi.

Je sais qu'il me cherche du regard, mais je n'ose lever les yeux.

– A-t-on également ce genre de spécimens dans le potager de La Quintinie ? s'inquiète le roi.

– Je crains que non, il s'agit d'une espèce exotique qui aime la chaleur, rétorque Daquin.

– Et alors, mon cher, La Quintinie a inventé un procédé qui lui permet d'offrir à ma table des fraises en février et des laitues en janvier. Alors pour cette

[29] Il s'agit de *Aristolochia serpenta*, (famille des Aristolochiacées), plante originaire du sud-est des États-Unis (Virginie) dont le rhizome renferme de l'acide aristolochique qui s'oppose aux effets de certains venins de serpents.

« loche », nous verrons avec lui, réplique le roi avec humeur.

– J'avais préparé un extrait de cette racine en la laissant macérer plusieurs jours dans de l'eau-de-vie, poursuit mon frère, puis en distillant cette solution avec un alambic de fortune que j'avais monté chez ces Indiens.

– Que faisiez-vous exactement avec ces gens ? questionne Daquin.

– J'étais parti étudier les plantes, monsieur.

– Vous m'intéressez. Avez-vous beaucoup appris ? insiste le roi.

– Énormément, Sire. Ce chef indien m'a d'abord enseigné la patience, la justice et à savoir oublier tout esprit de vengeance. Et puis, j'ai pu allier mes connaissances acquises à la faculté de Montpellier et les conseils donnés par ces sauvages, ainsi que vous les appelez, ces hommes croisés au cours de mes voyages et qui m'ont accueilli. Si le choix de la plante m'a été conseillé par un vieux sage qui connaissait la forêt, c'est moi qui en ai extrait la quintessence qui a permis de sauver rapidement le chef indien.

– Disposez-vous encore de cet antipoison, chevalier ?

– Sire, cette aristoloche était si prisée des Indiens qu'ils ont fait savoir que quiconque serait pris à sortir cette plante de leur territoire serait condamné à mort. Je me devais de respecter cette règle.

Le Catalan, éludant ainsi la question du roi, amorce une profonde révérence, balaie plusieurs fois le sol de son ridicule chapeau à plumes et se rapproche du couple royal. C'est à la reine qu'il s'adresse maintenant.

– Madame, permettez-moi de vous offrir ce chocolat préparé par Frigola, maître épicier à Perpignan, dont nous savons tous que vous raffolez.

— Qu'est-ce à dire, ma chère, connaissez-vous cet homme ? s'étonne le roi.

Ma maîtresse pique un fard et jette des regards inquiets vers son époux.

— Je ne crrrrois pas, bafouille-t-elle, mais sa voix trahit quelques hésitations.

— Du chocolat ! répète le roi avec dégoût. À ce propos, chevalier, aidez-nous à résoudre un problème dont nous débattions encore hier avec quelques gentilshommes : consommer ce breuvage dont raffole mon épouse, ainsi que vous semblez si bien le savoir, chevalier, serait-ce rompre le jeûne ou pas ? Grave question que j'aimerais que mes médecins tranchent.

— Les Incas, dit-on, en offrent à leurs dieux en remplacement du sang de leurs victimes, intervient Daquin. C'est ainsi un breuvage dont je déconseillerais la consommation pour rompre le jeûne.

— Nous voilà fixés et pour une fois je partage votre avis, mon cher Daquin, ironise le roi. Et qu'en est-il de votre nom de baptême, chevalier L'Aristoloche ?

— Jordi[30] Puig, Sire, c'est un nom courant dans mes montagnes catalanes.

— Jordi, répète le roi en faisant sonner chaque syllabe. Voilà qui ne paraît pas bien français. Jordi ! Sachez, chevalier, que vos belles montagnes font maintenant partie du royaume de France et que le français, si habilement mis en scène par notre cher Molière, est la langue que se doivent de parler tous mes sujets.

— Jordi, ainsi m'a baptisé l'abbé de mon village, insiste le têtu.

La Cour autour des deux protagonistes ne sait si

---

[30] Georges en catalan, saint patron des Catalans.

elle doit s'amuser de cette joute verbale ou craindre les foudres de Sa Majesté qui n'a guère l'habitude qu'on lui rétorque de façon si présomptueuse. Des chuchotements se font entendre, entrecoupés des ricanements plus aigus et nerveux des femmes.

– Certes, approuve le roi, décidément de bonne composition ce jour, mais sachez encore que nous comptons franciser tous les noms et interdire votre langue qui n'aura bientôt plus droit de cité dans mon royaume[31]. Je prévois que tout acte rédigé par les avocats, les procureurs, les greffiers, les notaires et pourquoi pas les abbés, chevalier L'Aristoloche, le soit en français et exclusivement en français. L'entendez-vous ainsi ?

Estéban ne répond pas à cette provocation mais le rouge qui lui est monté aux joues montre à quel point il bouillonne.

– Votre présence me sied cependant, conclut le roi d'un ton plus conciliant. Et il me sied de vous revoir bientôt, ajoute-t-il. Nous vous appellerons : l'Indien. Je prévois une chasse dans quelques jours malgré le froid qui nous transperce, j'aimerais que vous soyez des nôtres.

La Cour glousse de plaisir. Le chevalier L'Aristoloche a été adopté par le roi. Il serait peut-être même bon de faire partie de ses amis.

Estéban, le chevalier L'Aristoloche, salue le couple royal avec plus de panache qu'à son arrivée, un sourire triomphant aux lèvres.

Quelle comédie joue-t-il ? J'avoue ne plus le suivre. A-t-il vraiment sauvé un chef indien ? Tout cela me semble si extravagant, mais mon frère est capable de tout.

J'enrage qu'il ne m'en ait pas dit plus. Me pren-

---

[31] Ce qui sera fait en 1700, par édit du roi.

drait-il pour une femelle écervelée ? Pourquoi n'a-t-il pas évoqué sa recherche du kina-kina, dont l'écorce fournit une poudre qui pourrait soulager le roi et beaucoup de ses sujets ? Se réserve-t-il pour une prochaine audience auprès du roi, une entrevue plus secrète ? Ou avec la reine pour laquelle il a interprété un rôle ridicule dont Molière ne voudrait même pas s'inspirer pour dépeindre un vil séducteur.

Soudain, un spasme violent défigure le roi, ses doigts se crispent sur le dossier de son siège, son sourire se fige en une grimace de douleur. Le séné, me dis-je, le séné mélangé à des tiges de rhubarbe ! Si je ne craignais pas de blasphémer, je dirais que les deux diaboliques ont uni de nouveau leurs malveillances pour agir.

Il agite sa main sans dire un mot, le souffle coupé par la douleur.

Daquin se précipite à ses côtés pour lui porter aide ainsi que Bontemps qui n'est jamais loin de son maître.

– Il faut laisser le roi se reposer, ordonne ce dernier.

Estéban renouvelle son profond salut et s'éloigne en reculant, un sourire narquois aux lèvres, un sourire de loup entré dans la bergerie.

J'ai peur.

CHAPITRE 14

Depuis cette fameuse présentation, mon cher Estéban multiplie ses apparitions à la Cour mais m'évite soigneusement. Les autres demoiselles d'honneur de la reine ne cessent de jaser à propos de ce galant homme qui chasse le serpent et sauve des chefs indiens de la mort. Elles sont ridicules et pitoyables ! Et moi, je suis jalouse.

Je n'ai retrouvé qu'un seul mot de sa main sur ma coiffeuse, avec cette simple phrase griffonnée à la va-vite : *Sem y seran sempre catalan* ! Peut-être avait-il deviné ce jour-là que le découragement me prenait et que de nouveaux cauchemars, peuplés d'espions et de soldats sanguinaires, avaient envahi mes nuits.

Le roi semble prendre plaisir à sa compagnie car il l'a invité de nombreuses fois à des chasses en forêt de Marly ou de Rambouillet. De quoi discutent-il, je l'ignore et regrette fort que mon frère ne m'en tienne pas informée. Je tremble qu'il soit un jour animé d'un funeste désir de vengeance qui le conduise à des extrémités qu'il regretterait.

La reine a reçu plusieurs boîtes de chocolat, toujours du célèbre Frigola. Mon frère doit avoir trouvé un autre messager car il se passe maintenant de mes services. Ses friandises sont accompagnées de billets que la reine garde en son sein, un sourire extatique aux lèvres.

L'autre jour, devant toute la Cour, elle a tenté d'expliquer, d'un air gourmand, les règles d'un jeu de balle dont le chevalier L'Aristoloche, accompagné de quelques hommes, avait voulu lui faire une démonstration dans le parc du château malgré le grand froid qui sévit toujours.

— Pour ce *yeu*[32], dit-elle car elle ne sait prononcer la lettre « j », chose à laquelle je me suis, moi, fort bien accoutumée, les hommes s'empoignent et se disputent une sorte de calebasse en la jetant par-devers eux selon des usages auxquels je ne comprends rien, mais qui sont ceux d'une lutte magnifique où les joueurs sont comme divinisés.

— Doucement, ma chère, s'est indigné le roi, mesurez votre vocabulaire et ne considérez comme divin que Dieu et votre époux. Par ailleurs, vous me décrivez là un jeu de mains, donc de vilains. Il n'est de jeu digne que la chasse à courre.

— Il n'y a dans ce divertissement, Sire, insista la reine qui pourtant s'incline toujours face au roi de France, aucun sacrifice d'être innocent ni de sang qui coule inutilement. Ce sont des hommes courageux et vigoureux.

La reine s'emballait, s'excitait, suait à grandes eaux, indifférente aux ricanements de la Cour et au courroux grandissant de son époux.

— N'en rajoutez pas, ma chère, gronda alors Sa Majesté, ou je risque de me fâcher bien fort.

Vauban est intervenu pour expliquer que, selon lui, il n'y a rien de licencieux dans ce jeu mais de vi-

[32] Ce jeu est la soule, l'ancêtre du rugby.

goureuses et viriles empoignades entre hommes qui leur évitent l'ennui et l'engourdissement causés par les longues heures d'attente au service de Sa Majesté. Cette distraction les détourne des plaisirs de la boisson et des femmes faciles et crée un esprit de corps et un goût pour l'attaque et la compétition qui ne peuvent leur être que salutaires.

Heureusement, mon frère n'était pas à la Cour ce jour-là, car j'aurais craint que le courroux de Sa Majesté ne s'abatte sur lui. Susciter la jalousie du roi à l'égard de son épouse, une très sainte femme, est-ce donc là un des procédés de mon frère pour assouvir sa vengeance ?

Depuis ces faits, la reine se rend trois fois par jour à la chapelle du château pour prier.

Jusqu'à cet après-midi où, en sortant de la messe, nous croisons le seigneur de Vauban.

Le galant homme nous salue avec cérémonie et se propose de faire quelques pas avec nous. Ma maîtresse acquiesce, pour ma part je n'ai pas mon mot à dire.

Arrivé à la porte des appartements royaux, le voici qui présente une étrange requête à la reine.

– Me prêteriez-vous votre Agnès, madame, j'ai quelques conseils à lui demander concernant des maux qui me perturbent et que je n'oserais évoquer qu'en un endroit tranquille. Rassurez-vous, madame, je serai bref et vous la rendrai sous peu.

Je flaire le traquenard et lance des regards désespérés à ma maîtresse pour qu'elle invente une tâche qui imposerait ma présence à ses côtés.

Hélas, il n'en est rien, l'innocente tombe dans le piège et me voilà, la tête basse, à suivre le bonhomme en trottinant, évitant les amas de neige qui encombrent les allées pour ne pas gâcher mes bottines.

Nous nous éloignons de la reine et de ses demoiselles d'honneur sans que nous ayons échangé un seul mot, jusqu'à ce que…

– Sept d'un coup, me lance-t-il sans autre forme de préambule, c'est un beau chiffre. Cela pourrait être le titre d'une fable de notre cher La Fontaine ou encore mieux celui d'un conte de l'ami Perrault. Qu'en pensez-vous, Agnès ?

Rien, je n'en pense rien et me contente de hausser les épaules tout en essuyant les plaques de boue qui ont taché le bas de ma robe. Est-ce pour me demander mon avis sur de telles banalités qu'il m'a enlevée à la reine ?

Vauban poursuit son chemin tout en conversant.

– À ce propos, vous rappelez-vous de ce fameux dessin retrouvé dans les papiers d'un misérable et représentant des ivrognes, treize militaires attablés dans une auberge ?

Je relève la tête, étonnée.

– Une bonne poignée de ces hommes a rejoint l'autre monde après un bon banquet qu'ils ont pris en commun l'autre soir. Sept très exactement, pour faire bonne mesure.

Je presse ma main sur mon cœur pour en calmer les battements.

– Si mon compte est bon, ces sept-là plus les deux empoisonnés à l'aconit, plus un pendu dans sa cellule, cela nous fait dix, poursuit Vauban sans autre état d'âme. Je pose donc dix et je retiens trois, il ne reste que trois survivants parmi ceux qui figurent sur ce tableau. D'après les renseignements que j'ai pu obtenir depuis que j'ai ce dessin en ma possession, et croyez-moi, ma chère Agnès, je ne suis pas de reste, ces treize hommes appartenaient tous à la même compagnie de dragons qui fut en poste dans le Vallespir. Votre fief, si je ne m'abuse ? Leur capitaine en chef était feu le père de votre amie Suzon. Troublante coïncidence, n'est-ce pas ? Les trois miraculés doivent leur survie, pour deux d'entre eux d'avoir eu à finir de dessoûler au fond d'un tripot ce soir-là, et pour le troisième d'avoir quitté l'armée sans donner aucune nouvelle depuis un bon moment. Les deux ivrognes, alertés du sort funeste de leurs camarades, vivent depuis dans l'angoisse d'être rattrapés et punis à leur tour des turpitudes qu'ils ont commises autrefois. Et le troisième, qui sait où il rôde ? À côté de nous peut-être, me souffle Vauban à l'oreille d'un ton sépulcral qui me fait trembler de la tête aux pieds. Au moins nous savons quelle mine il possède grâce à ce fameux dessin, n'est-ce pas, Agnès ? ricane-t-il.

Je le regarde avec horreur. Est-ce l'heure de rire ?

– Quant au jeune Blaise dont le décès fut quasi concomitant, je ne sais si je dois ou non associer son assassinat à cette liste, bien qu'il existe de singuliers liens avec au moins l'un de ces hommes, un lien qui se prénomme Suzon. Qu'en pensez-vous, Agnès ? Et puis ce ruban rouge et jaune, sang et or, vos couleurs. Sur ce point, serez-vous un peu plus loquace ? insiste Vauban en arrêtant son pas pour me fixer du regard.

Rien, je ne dirai rien. Je détourne la tête pour éviter ces yeux qui fouillent mon âme. Un souffle froid vient de glisser entre mes épaules et s'est introduit jusqu'à mon cœur qu'il resserre comme un étau.

– Le roi est furieux. Il en fait une affaire personnelle car il abhorre le poison, cette arme de lâche, et a ordonné que ces crimes cessent. Une compagnie de gardes suisses est partie pour arrêter celui que l'on pense être le coupable, bien que ce dernier clame son innocence. Quel maladroit ! Il m'était pourtant fort sympathique. Mais laissez-moi vous compter l'affaire, peut-être pourriez-vous même m'apporter quelques éclaircissements.

Pourvu qu'il ne voie pas mes larmes. Je n'ai donc rien pu empêcher !

– Ce fut un repas de fête dont se seraient souvenu ces hommes s'ils étaient encore là pour le faire. Deux d'entre eux ont déjà succombé à une attaque foudroyante, le cœur a lâché. Les cinq autres étaient à peine en mesure de recevoir l'extrême-onction lorsque je les ai quittés il y a quelques heures, se tenant le ventre à pleines mains, gémissant, pleurant leur mère et se répandant dans tous les renfoncements de la caserne où il ne subsiste plus le moindre recoin qui ne soit souillé, et je les compte donc déjà pour morts. Étonné par cet empoisonnement collectif, le roi s'est enquis de savoir ce que ces hommes avaient bu et mangé. Avez-vous une idée, Agnès ?

– Non, monsieur.

– Un repas exceptionnel, qui a rappelé à ces hommes leur doux séjour dans votre pays : du vin cuit et des escargots grillés. J'avoue y avoir goûté moi aussi. Oh ! pas ce jour, je tiens à vous rassurer, mais lors de mon dernier passage à Perpignan. Un plat original et fort goûteux qui, à l'origine, était destiné à notre roi. C'est son cuisinier qui a refusé de les préparer pour sa table, les jugeant trop petits, bien loin des gros gris de Bourgogne que le roi tolère à la seule période du carême où cette chair fadasse remplace la viande. Quelques jours plus tard, certains de nos hommes de troupe ont été moins difficiles, il faut dire que ceux-là avaient déjà apprécié votre région et sa cuisine. Ils se sont régalés et ont peut-être même abusé des mets qu'on leur a offerts. Savez-vous qui, justement, a été le généreux donateur de ces victuailles, Agnès ?

– Non, monsieur.

– Décidément, je n'ai pas de chance avec vous aujourd'hui. Vous n'avez vraiment pas d'idée ?

– Je ne sais pas, monsieur.

– C'est le chevalier L'Aristoloche, Agnès, un pays à vous. Un homme ma foi très agréable avec qui j'ai longuement discuté car il m'a fourni d'intéressants arguments pour défendre la cause qui m'est chère et qui vous intéresse également. Rappelez-vous, Agnès, vous n'avez pas une mémoire de moineau à ce que je sache, il s'agit de l'obtention de nouveaux crédits pour remonter les murailles de Prats. C'est un garçon instruit, posé et qui a beaucoup voyagé. Nous discutions des mets que nous avions pu apprécier lors de nos voyages, lui aux Amériques et moi dans les différentes places fortes que j'ai visitées ces derniers temps. Le chevalier L'Aristoloche fait régulièrement venir des produits de ses Pyrénées comme ce chocolat dont il abreuve notre reine qui se laisse gaver comme une oie. Oh, veuillez m'excuser ! se reprend-il bien maladroitement. J'oubliais presque que j'étais avec une dame. Le chevalier a donc proposé de nous faire partager du vin et ces bêtes à cornes dont il a un élevage. Pour ma part, j'étais attendu et n'ai pas participé à la fête. Quelle chance ai-je eu, car j'en aurais profité assurément. Avez-vous déjà goûté des escargots grillés, Agnès ?

– Oui, monsieur.

– C'est un plat typique que les soldats qui avaient séjourné dans la garnison de Prats adoraient, les autres hommes étant plutôt indifférents à ce genre de menu. Celui qui a mis le poison connaissait ce détail.

– Quelqu'un a-t-il vu le chevalier L'Aristoloche introduire un élément suspect dans ce brouet ?

– Vous voilà redevenue un peu plus loquace et surtout pertinente. Je dois avouer que non. Les escargots, m'a-t-on rapporté, ont été placés devant les hommes tout vivants sur une grille en métal, dans un grand feu allumé dans la cheminée des officiers. Leurs cornes s'agitaient furieusement et ils bavaient toute l'eau de leur corps après qu'on eut déposé dans chaque coquille une pincée de sel et de poivre bien mélangés. Ces épices ont été retrouvées, goûtées et se sont avérées sans danger.

– Quel en était l'accompagnement ?

– Des tranches de pain tartinées d'huile d'olive et d'ail. Les tartines et le vin ont été partagés avec les autres hommes qui s'en sont fort bien portés. Seuls ceux qui ont goûté les *cargols*, ainsi que vous le dites, ont été empoisonnés.

– Mais, monsieur, si avant d'être grillés, au vu et au su de tous, les escargots étaient vivants et en bonne santé, si ce terme peut s'appliquer à de tels bestiaux, ils ne peuvent avoir consommé du poison et leur chair être ainsi viciée.

– Agnès, vous me décevez ou me prenez pour un sot ! Rappelez-vous l'histoire du chien de la Montespan empoisonné par le chocolat et de la chèvre qui broute avec appétit du tabac. Je n'ai pas assisté aux cours de monsieur Lémery mais on m'a rapporté les faits.

– L'homme au costume bleu ?

– Peut-être ou peut-être pas, élude le seigneur de Vauban, mais j'ai retenu que chaque espèce animale a ses particularités, ce qui tue l'un ne tue pas l'autre mais la chair reste viciée et dangereuse pour celui qui la consomme.

— On vous aura bien rapporté. Le chevalier en a-t-il goûté lui-même ?

— Et usé de contrepoison ? Non, ma chère, il était attendu à la table du roi pour le souper tout comme moi qui pourrait témoigner de l'avoir vu.

— Alors, vous prouverez ainsi qu'il est innocent !

— Les choses sont certainement beaucoup plus compliquées car le poison a pu être porté plusieurs jours avant le repas, il faut bien laisser le temps à ces pauvres bêtes de brouter leur pitance. Le crime a donc longuement été prémédité et habilement mené. Mais vous vous réjouissez bien vite pour cet homme ! Au fait, le connaissez-vous ? J'entends, connaissez-vous le dénommé Jordi Puig ? Cela s'écrit « Peu… U… I… Geu… ». Il me l'a écrit ainsi au bas d'un parchemin, mais cela se prononce « Pou-iit-cheeee », précise-t-il en accentuant les syllabes pour essayer de le prononcer à notre manière ce qui a pour effet de le faire postillonner sur mon corsage. Veuillez m'excuser, s'empresse-t-il de me dire en avançant sa main comme pour essuyer mon sein.

Je me recule avec effroi, ce qui le fait sourire.

— J'oubliais ce détail, vous qui savez si bien soulager les hommes par la grâce de vos doigts, ne supportez pas que leur main se porte sur vous. Ne voyez dans mon geste anodin qu'une réparation de ma faute et non un acte de grivoiserie déplacé. Pour en revenir à ce Puig, comme tout bon Catalan, c'est un grand voyageur. Il s'est embarqué à Bordeaux pour les Amériques vers les années 1670.

— Il s'était battu en duel ?

— Il semblerait que c'était plutôt de son propre chef. Pour découvrir de nouveaux horizons. Ou fuir un monde dont il ne partageait pas les valeurs. En échangeant quelques mots avec lui on se rend bien vite compte que c'est un « idéaliste », un nouveau mot que prononcent certains pour parler de ces fous qui ont des rêves qu'ils souhaitent partager avec le peuple, des hommes que moi je sais apprécier mais que le roi déteste.

— Idéaliste ? je répète les termes de monsieur de Vauban car c'est la première fois que j'entends ce mot qui me semble fort peu approprié pour mon frère qui ne rêve que de vengeance cruelle.

— Je ne sais s'il a participé à cette révolte des Angelets qui a mis à feu et à sang votre pays natal, poursuit Vauban. Je n'ai pas besoin de vous rappeler qui sont ces hommes, n'est-ce pas Agnès ? Notre Catalan était encore jeune, par ailleurs nous n'avons retrouvé aucune trace de la famille Puig. Peut-être est-ce un faux nom, avance Vauban comme s'il se parlait à lui seul sans attendre de réponse de ma part.

— Et c'est cet homme, peut-être mû par un désir de vengeance terrible, qui a été présenté au roi ?

— Bonne remarque, Agnès, mais Sa Majesté ne craint pas ces « sauvages » comme il dit, ce en quoi je pense qu'il a tort.

— De les appeler des sauvages ?

— Non, de ne pas les craindre, répond ironiquement Vauban. L'homme a des propositions à faire au roi qui pourraient l'intéresser. Je ne peux vous en dire plus pour le moment, mais j'espère que ses arguments sauront émouvoir Sa Majesté. Pour l'heure, j'aimerais avoir votre avis sur ces fameux escargots. Je me suis renseigné auprès de monsieur Lémery. Ce protestant est décidément un homme d'une grande valeur et je lui conseillerais fort d'accepter de renier sa religion d'origine[33] si lui et sa famille veulent continuer à vivre

---

[33] Ce qu'il fera en 1687.

en paix dans notre bon pays, et de réclamer auprès du roi la chaire de chimie qu'il mérite tant. Bref, l'escargot est un animal très étrange. Il porte sa maison sur le dos, il est à la fois mâle et femelle et broute sans aucun préjudice et si l'occasion lui en est donnée des plantes dont la plus infime partie tuerait assurément son homme. La digitale par exemple dont il raffole.

– La digitale !

– Une plante qui circule parfois à la Cour pour préparer des potions aux intéressantes vertus, mais dont le moindre petit abus a vite fait de vous en passer l'envie. En d'autres termes, ma chère, une plante très dangereuse, mais ce n'est pas à vous que j'ai besoin de préciser ce genre de détails ! C'est pourquoi, reprend Vauban d'un ton moins macabre, le chevalier L'Aristoloche m'a confirmé qu'il est pour coutume, avant de le goûter, de faire jeûner l'animal afin que son corps élimine ses miasmes, puis d'introduire dans son alimentation des plantes comme le thym qui parfumeront agréablement sa chair. Une main malveillante, distraite ou induite en erreur, pourrait avoir choisi des feuilles de digitale pour les nourrir et avoir chargé de poison la chair de ces animaux sans que ceux-ci en souffrent le moins du monde. Qu'en pensez-vous, Agnès ?

– Cela est intéressant, monsieur. Qui se serait procuré de la digitale ?

– N'importe qui chez un bon apothicaire. Molière vous donnerait toutes les bonnes adresses. Vous-même, n'en avez-vous pas quelques feuilles séchées dans votre laboratoire ?

– Certes, monsieur, et j'ai noté que des plantes m'avaient été volées.

– Bien sûr !

— Je ne mens pas, monsieur. Cela est même arrivé plusieurs fois ces derniers temps.

— Je sais, nous nous inquiétons fort d'ailleurs de ce commerce. Nous en reparlerons, mais j'ai un autre détail à vous donner qui pourrait vous intéresser. Voulez-vous le connaître, Agnès ?

— Oui, monsieur, s'il vous plaît de me le conter.

— Nous avons pu identifier avec certitude la main de l'artiste qui a dessiné ces tronches d'ivrognes.

Je détourne mon visage pour que le seigneur de Vauban ne me voie pas pâlir et prétexte un embarras avec mes bottines pour ralentir mon pas et reprendre mon souffle.

Les « arguments » de mon frère, comme le dit Vauban, ont intérêt à être puissants car s'ils peuvent, pour le moment, le soustraire à la jalousie du roi, que deviendra-t-il lorsque le jeune peintre avouera, sous la menace des hommes de Louvois ou par appât du gain, par qui et dans quelles circonstances ce dessin lui a été commandité.

— Le trait est un peu imprécis mais témoigne d'une grande intelligence et d'un talent certain. Les espions à la solde de Louvois, qui ont des yeux et des oreilles dispersés sur tout le territoire, m'affirment qu'il n'y a qu'un seul artiste capable de reproduire de tels personnages à la main levée : c'est encore un tout jeune homme, très prometteur, un dénommé Rigau. Catalan tout comme vous et le chevalier, il faut le souligner. Celui-là, le connaissez-vous ?

— Non, monsieur.

— Décidément, je pensais pourtant qu'à l'occasion de vos multiples déplacements vous l'aviez un jour croisé. Je me trompais donc. Il est encore en apprentissage à Carcassonne mais nous exerçons une discrète surveillance sur lui pour ne pas qu'il soit menacé. Vous êtes prévenue.

– Et le chevalier L'Aristoloche ?

– Ah ! Nous y voilà. Je voulais vous en toucher un mot en dehors de la présence de la reine qui semble partager une certaine inclination pour cet homme, ce qui rend Sa Majesté fort jaloux d'ailleurs. Le Catalan est sur le point d'être arrêté, mené devant le roi pieds et poings liés et d'être mis au secret dans un cachot de la Bastille. Au moins y sera-t-il à l'abri pour quelque temps.

La terre s'ouvre sous mes pieds et je m'effondre aux pieds du seigneur de Vauban.

CHAPITRE 15

Cela fait maintenant plus d'une semaine que je suis alitée. Malgré mes tisanes du soir, je fais toujours des terribles cauchemars où j'aperçois des hommes tourner autour de mon lit, glisser leurs doigts ensanglantés sur ma coiffeuse, ouvrir mon coffre et y plonger leurs masques hideux.

Une nuit, j'ai même cru voir l'homme en habit bleu qui levait un poignard sur moi, terriblement menaçant. Je me suis réveillée en sursaut mais ma chambre, plongée dans une semi-obscurité rassurante, était vide.

Suzon me rend visite tous les jours. Nous musons ensemble et nous nous racontons des histoires de la Cour. Son ventre s'arrondit de jour en jour et parfois un petit pied ou un poing rageur vient déformer la peau de son abdomen. L'enfant à naître promet d'être vigoureux.

Je me sens encore lasse, un peu confuse et ai du mal à me concentrer. Par manque d'exercice, mes entrailles sont devenues paresseuses et je ne peux me soulager lorsque je me rends à la chaise percée.

La reine m'a laissée reposer jusqu'à présent mais

pour essayer de combattre cette torpeur j'ai repris mes petits tours dans les couloirs du château et dans les communs où j'aime à rêver un peu, en toute tranquillité.

Mes amis Molière et La Quintinie sont passés me voir.

La Quintinie m'a apporté, en grand secret, les toutes premières fraises qu'il a miraculeusement récoltées dans ses serres à l'abri des grands froids, trois petits boutons rouges, encore un peu acides, mais que j'ai dévorés avec grand appétit.

Molière a aussi mauvaise mine que moi, nous nous sommes regardés tous les deux dans un miroir et nous avons beaucoup ri à ce sujet. Cela fait du bien de rire, le roi a raison sur ce point. Les répétitions de sa nouvelle pièce vont grand train. Elle s'appellera *Le Malade imaginaire*, titre que je trouve fort bien choisi. Il m'en a lu quelques tirades qui m'ont beaucoup amusée. Daquin n'a qu'à bien se tenir, la Cour saura le reconnaître en la personne de ce Diafoirus si habilement dépeint.

Et puis il y a deux jours, Suzon, toute tremblante, m'a remis une lettre du chevalier L'Aristoloche. Enfin ! Depuis mon malaise, je n'en avais reçu aucune nouvelle, n'osant m'en enquérir auprès de la reine ou de Vauban, qui m'avait annoncé son arrestation mais dont je voulais éviter qu'il mesure mon intérêt pour cet homme, mon frère.

Je ne sais plus ce que Suzon m'a bafouillé lorsque je l'ai questionnée sur l'origine de cette missive, mais elle a tout d'abord prétexté qu'elle ne pouvait m'en dire plus.

— Est-ce l'homme en costume bleu qui te l'a remise, l'inconnu que j'ai encore croisé dans un couloir menant aux cuisines l'autre jour ? ai-je tenté.

– Non, ce n'est pas lui mais un homme que je ne connaissais pas et qui m'a donné une grosse bourse, m'avoua-t-elle en rougissant. Peut-être n'aurais-je pas dû accepter, s'inquiéta-t-elle, cette lettre peut te compromettre ?

– Ne t'inquiète pas, tu as bien fait, tu auras besoin de l'argent pour l'enfant, crois-moi. Mais lorsque je t'ai parlé de l'homme en bleu, tu n'as pas eu l'air surprise, le connais-tu ?

– Non, pas vraiment, hésita l'incorrigible coquine. Mais il m'a déjà parlé.

– Il t'a donné de l'argent ?

– Oh non, pas lui ! Il m'a offert des fleurs.

– Des fleurs !

– Et aussi des rubans.

– Ah !

Je n'ai pas voulu torturer plus longtemps cette faible enfant et j'avais hâte de lire le message qu'elle avait réussi à me faire passer.

C'était un mot de la main d'Estéban qu'il avait dû écrire pour me réconforter. Il m'y racontait en détail son arrestation. Sa lecture me troubla plus qu'elle ne me rassura.

« *Ma très chère sœur,*

J'espère que tu recevras cette lettre en de bonnes conditions, je l'ai confiée à un des nôtres qui a de gros moyens et saura assurer le silence de mes gardiens. Ne t'inquiète pas pour moi mais veille bien sur toi, je te le répète avec insistance.

Les espions à la solde de La Reynie et de Louvois ont été particulièrement efficaces. C'est chez mon ami Nicolas Lémery, surveillé en tant que protestant, qu'on est venu me chercher. N'aurait-on pas pu tout simplement me faire arrêter à la Cour où je visite régulièrement la reine ? Disons que cela aurait créé trop de désordre.

Sans ménagement, on m'a ligoté pieds et poings liés, on m'a couvert la tête d'un capuchon noir pour que personne ne puisse me reconnaître ainsi qu'en veut l'usage et l'on m'a mené à la prison de la Bastille.

Soumis à la petite et à la grande question, je n'ai rien avoué. Que devais-je avouer d'ailleurs ? Je ne le sais toujours pas. Les douleurs engendrées par ces tortures sont quelque chose d'inimaginable, ma chère sœur, et je ne voudrais point te donner des détails qui te blesseraient, toi qui as déjà été si fortement éprouvée. Au plus fort de la souffrance, des éclairs de lumière passaient sous mes paupières closes et j'imaginais pour conjurer ce mal voir le mont Canigou, notre montagne sacrée.

Mais je n'ai pas parlé et ne parlerai pas. Nos histoires de famille ne concernent que nous. Tu me soutiens, je te soutiens, sem y seran sempre catalan. *La seule chose que le bourreau ait pu me faire dire c'est qu'un Catalan n'a peur que de deux choses. La première c'est l'*aiguat[34]. *Rappelle-toi ces pluies violentes et soudaines que le père craignait tant et qui inondent nos terres à cause d'un vent si fort qu'il empêche les eaux de s'écouler vers la mer. Après leur passage, nous ne reconnaissons plus nos paysages familiers : des pans de montagne effondrés, des vallées englouties, des prés avalés, les bêtes flottant le ventre gonflé. Même un bourreau ne peut rien faire pour lutter contre notre aiguat. La deuxième est l'orage qui détruit les récoltes. Tu le sais bien toi qui courais toujours nos montagnes et te réfugiais dans les* conjuradors[35] *lorsque le mauvais temps menaçait. C'est ce que j'ai raconté à mon bourreau qui a pris mes propos pour du délire, mais ce fut un grand bien puisqu'il arrêta alors de me tourmenter.*

Quelques jours plus tard, quatre soldats sont venus

---

[34] Aiguat (prononcer : aïgat), inondation due à une arrivée massive d'eau dans un délai très court.

[35] Conjurador : petit édifice carré ouvert sur les quatre cotés. Lorsqu'un orage menaçait de détruire les récoltes, un religieux se plaçait du coté d'où venaient les nuages et il récitaient des prières qui disaient : No ens deixeu, Ne nous abandonnez pas.

dans ma geôle, *du moins est-ce le nombre que j'ai estimé au bruit de leurs bottes et au cliquetis de leurs armes car j'avais toujours les yeux bandés. Leur attitude n'était pas menaçante mais ils me tinrent fermement par le bras tout le temps de leur escorte. Pourtant, je ne cherchais pas à me révolter. Ils me jetèrent dans une voiture qui partit immédiatement au galop. Après une folle traversée de Paris que j'identifiai au bruit des sabots des chevaux sur les pavés, nous fîmes une brève chevauchée dans la campagne puis arrivâmes à notre destination.*

Ce fut surtout l'odeur du lieu qui me frappa lorsque j'entrai. Une subtile composition d'huiles essentielles de lavande et d'hysope mais aussi des parfums lourds de benjoin et de suint de mouton. Des fragrances caractéristiques et que je connais bien, celles des boutiques de parfumeurs et d'apothicaires ou encore celles de ton petit laboratoire, ma sœur.

— Vous pouvez lui libérer les yeux. Faites-le asseoir, fit une voix venant du fond de la salle.

Les soldats s'empressèrent de desserrer l'écharpe qui cachait mes yeux et d'une pression ferme sur l'épaule m'adjoignirent de prendre place sur une chaise placée à quelques pas. La pièce était illuminée par de nombreuses torches accrochées aux murs et après avoir été plongé dans l'obscurité depuis plusieurs heures, je battis des paupières pour soulager mes yeux qui ne supportaient pas cette lumière violente. Encore ébloui, je distinguais mal les traits des personnes qui m'entouraient.

— Nous voulions vous parler dans le plus grand secret, chevalier L'Aristoloche. Merci d'avoir accepté de vous joindre à nous.

Je me retournai au son de la voix. Avais-je bien reconnu le roi ? Je me levai pour esquiver une révérence mais j'avais oublié les soldats qui m'entouraient et me for-

cèrent brutalement à rester assis.

— Vous pouvez nous laisser maintenant, intervint une autre voix. Restez devant la porte et ne laissez personne entrer.

— Surtout pas madame de Montespan, quelle que soit sa requête, ironisa le roi. »

Ainsi donc mon frère avait été conduit dans l'apothicairerie du roi à son château de Saint-Germain-en-Laye. Je repris ma lecture.

« — Monsieur le chevalier, mettez-vous à l'aise, poursuivit-il à mon adresse. Laissez-moi vous présenter mes autres invités. Voici monsieur Nicolas de La Reynie. Monsieur de La Reynie s'occupe de l'ordre public. Il est mes yeux et mes oreilles.

En vérité, j'avais déjà repéré cet individu auprès de Sa Majesté au cours de ma première visite au château. Mon instinct me faisait me méfier de lui. Que me reprochait-on ? Le chocolat offert à la reine ? Ce n'était qu'une boutade, une galanterie de Catalan qui sait que l'infante d'Espagne adore cette friandise qu'elle a elle-même introduite à la Cour de France. Le roi qui déteste cette sucrerie, aurait-il pris ce geste pour une provocation ? Rendre fou jaloux le roi de France est une belle vengeance, mais la reine est une sainte et Sa Majesté peut dormir, hélas, sur ses deux oreilles. »

En lisant ces quelques lignes je fus soudain soulagée d'un grand poids. Séduire une femme, toute reine soit-elle, est un procédé qui me répugne. Et puis je me repris, c'était mon frère qui était entre les mains des hommes du roi et qui souffrait et non la reine ! Je replongeai mon nez dans les lignes écrites par Estéban.

« *Aurait-on fouillé mon passé de contrebandier ?
Mais qui ne l'a pas été en Catalogne pour résister aux gabelous ? Avait-on découvert mon amitié pour les Angelets ? Qu'importe, je suis déçu par les actes de violence
causés par La Trinxeria et désapprouve les razzias que ses
troupes perpètrent pour le compte du roi d'Espagne. Mon
long voyage aux Amériques m'a beaucoup changé et
« l'Indien » que je suis maintenant aspire à la paix. Ma
vengeance, ce n'est plus dans la violence que je la ferai
payer ! »*

Et le dessin ? me dis-je. La Reynie n'a-t-il pas encore identifié son auteur ? Il le recherche pourtant.
Rigau a assuré Estéban qu'il ne donnerait pas le nom
du commanditaire de son œuvre, mais peut-on le
croire ? Est-ce par prudence que mon frère n'évoque pas
les crimes de ceux qui ont tourmenté et assassiné les nôtres, ceux qui sont en train de payer maintenant ?

« *Toutes ces sombres pensées tournaient dans ma tête
et un lourd silence s'était établi entre nous. La Reynie, le
premier, me salua et je répondis d'un mouvement discret
de la tête.
— Voici Alexandre Bontemps, poursuivit le roi en me
présentant son fidèle valet. Mon premier confident, après
mon confesseur.
J'avais reconnu l'homme qui m'avait guidé lors de ma
première visite à la Cour, mais j'ignorais le rôle aussi important qu'il jouait auprès du roi. Nous nous saluâmes
sans plus de cérémonie.
— Monsieur Guy-Crescent Fagon, médecin à la Cour,
éminent botaniste, qui a longuement exercé son art à
l'Hôtel-Dieu.
Cette fois-ci, mon sourire était sincère. J'avais beau-*

coup entendu parler de Fagon par Thomas Sydenham et Nicolas Lémery qui ne cessent de louer ses qualités d'homme honnête, ouvert, passionné et brillant, et admirent ses travaux de botanique. Fagon me tendit une main chaleureuse et me salua d'un :

— Cher collègue, le plaisir de vous rencontrer ce jour est immense.

— Le plaisir est pour moi, répondis-je avec enthousiasme.

Le dernier homme présent dans la salle était le seigneur de Vauban, un de mes amis, mais je crois que tu le connais également ma chère sœur. À ce propos, le seigneur Le Prestre de Vauban ignore le lien de parenté qui nous unit. Il est préférable qu'il en soit toujours ainsi, sauf en cas d'extrême nécessité et alors là, ma sœur, n'hésite pas : toi pour moi, moi pour toi et nous deux pour les nôtres. »

Mon frère et Vauban s'apprécient manifestement, mais Estéban sait-il que le seigneur de Vauban s'intéresse de très près aux assassins des dragons du roi ? Celui-ci ne privilégie-t-il pas l'amitié de mon frère pour mieux le confondre ? Mon frère m'écoutera-t-il un jour ?

Mes mains tremblaient, mon cœur battait à se rompre, mais je dus poursuivre la lecture du courrier.

« — Monsieur, commença le roi, oublions pour le moment tous nos griefs. Nous aimerions profiter de votre expérience de grand voyageur et d'homme de science passé maître dans l'art de l'utilisation des plantes.

— Sire, pour vous servir, répondis-je, étonné par l'objet de la demande du roi.

— Avez-vous entendu parler d'un certain Talbor, parfois appelé Talbot ou Robert Talbor ? me questionna alors La Reynie.

— J'ai été éloigné fort longtemps du royaume de

France mais qui n'a pas, dans l'instant où il a remis le pied sur ce territoire, entendu parler de ce faiseur de miracles et de sa poudre ? ironisai-je.

— Que savez-vous de lui ?

— Mon ami Thomas Sydenham…

— Thomas Sydenham, l'Anglois ? me coupa La Reynie.

— Sydenham est anglois certes, mais c'est surtout un grand médecin dont les travaux sur les fièvres sont du plus grand intérêt, lui rétorqua Fagon.

Le roi calma les deux hommes d'un mouvement de main et m'incita à continuer au plus vite.

— Je dois causer de la poudre d'une part et causer de l'homme de l'autre sans mélanger les deux propos, poursuivis-je après quelques instants d'hésitation. Je commencerai donc par l'homme. Robert Talbor ou Talbot ainsi qu'on le nomme à la Cour du roi de France, a été simple commis chez un apothicaire anglais. Il a tout d'abord pratiqué son art à Cambridge à quelques lieues de Londres. C'est un homme de génie, je dois l'avouer, doté d'un flair extraordinaire pour les affaires et d'un don certain pour les sciences.

— Et sa poudre, qu'en pensez-vous ? s'inquiéta le roi.

— Elle est très efficace pour le traitement des fièvres et a déjà fait ses preuves aussi bien à la Cour du roi d'Angleterre qu'à la vôtre, Sire, mais nous sommes plusieurs à penser qu'il ne s'agit ni plus ni moins que de la « poudre des Jésuites » et c'est en ce sens que nous considérons que cet homme est un escroc, habile certes, mais un escroc.

— Monsieur, le roi compte acheter cette poudre et son secret pour 48 000 louis d'or et une pension annuelle de 2 000 livres, m'apprit Vauban.

— Or vous sous-entendez, vous et vos amis, messieurs Sydenham et Lémery, que Sa Majesté se ferait escroquer, intervint La Reynie.

— *Alors votre avis ?* insista le roi pour qui je ne prenais pas position assez rapidement. *Monsieur Bontemps, apportez-nous un peu de cette préparation que nous a confiée monsieur Talbot. J'aimerais la soumettre à l'expertise du chevalier L'Aristoloche.*

Bontemps se dirigea vers une petite armoire soigneusement bouclée qu'il ouvrit après avoir choisi une clé d'un imposant trousseau sorti d'une des poches de son habit. Il en retira avec moult précautions un flacon en verre qu'il apporta sur la table autour de laquelle s'étaient installés le roi et ses invités. Il ôta le bouchon qui obturait la fiole, en versa quelques gouttes dans un verre en cristal et me le tendit. J'examinai tout d'abord la couleur de la solution, la reniflai longuement, en fit couler une larme sur mon index que je goûtai du bout de la langue, puis me servis moi-même dans le verre et en dégustai une bonne lampée.

— *C'est bien ce qu'il me semblait,* finis-je par dire. *Je crains que Talbot ne cherche à vendre du vent à Sa Majesté. Il s'agit assurément de la « poudre des Jésuites », astucieusement infusée dans du vin. De plus, le goût amer du kina-kina, puisque c'est de lui dont il s'agit, a été masqué par l'addition d'autres plantes aromatiques ou d'épices, ce qui ne peut par ailleurs que renforcer son effet. En ce sens, Talbot est un homme de génie. Mais vous a-t-il confié la partie la plus importante de son secret. D'où vient cette écorce ?*

— *Le roi a fait acheter à Cadix et à Lisbonne une grande quantité de ce fébrifuge,* intervint Vauban.

— *Des ports sous domination espagnole,* ajoutai-je. *L'Anglois ne vous a pas tout dit ou, comme mes amis et moi le pensons, il ne sait pas lui-même d'où vient cette écorce. Là est le vrai problème.*

— *Il suffit de le lui demander,* proposa La Reynie.

— *Il est possible que vous ayez les moyens de le faire parler,* raillai-je, *mais dépêchez-vous car on raconte que l'homme s'est prodigieusement enrichi, brûle sa vie par les deux bouts et ne ménage pas sa santé ni pour aller porter la bonne parole et vendre cher sa belle herbe ni pour profiter des plaisirs que lui offrent l'or et les écus que lui versent les cours d'Europe. De plus, toutes vos tortures n'arriveront jamais à lui faire avouer ce qu'il ignore.*

— Vous-même, intervint Fagon, êtes allé aux Amériques et saurez peut-être nous en dire plus sur ce mystérieux arbre.

— C'est exact, intervint alors le roi, nous souhaitons que vous nous disiez si vous avez trouvé ces arbres lors de vos expéditions chez les sauvages d'Amérique, ces Indiens dont vous m'avez si souvent causé.

— Et pour lesquels, Sire, je n'ai pas réussi à vous convaincre qu'ils ne méritent pas le qualificatif de « sauvages ».

— Cela suffit, gronda le roi, dites-nous maintenant où poussent les arbres qui fournissent la précieuse écorce.

Je réfléchis quelques instants. Ne tenais-je pas là le véritable instrument de ma vengeance ? Un tel acte pourtant me laissait un goût amer dans la bouche. Ces écorces ne pourraient-elles pas aussi sauver la vie de milliers de pauvres bougres qui souffrent tout comme le roi de France ? »

Était-ce là le caractère « idéaliste » qu'avait évoqué Vauban en parlant du chevalier L'Aristoloche ?

« Ma sœur, je dois te l'avouer, j'hésitai beaucoup, mais me décidai enfin : je n'avouai rien. J'ai besoin de temps et surtout de garder une monnaie d'échange. Ce langage te semble peut-être abscons, ma chère Agnès, mais tu comprendras bien vite. Le seigneur Le Prestre de Vauban me regarda étonné, La Reynie me jeta un regard haineux mais presque triomphant, Fagon était désespéré et le roi entra dans une colère folle.

— Ce Catalan, un homme qui séduit les femmes, tra-fique des poudres, se plaît à parler une autre langue que la mienne, commet des voyages dans ce qu'il appelle « son pays », une région de rebelles qui se refusent à payer les taxes qu'ils me doivent, un tel homme ne peut être mon ami. Je lui ferai cracher son secret. Qu'il retourne à la Bastille et qu'il y pourrisse jusqu'à ce que la mémoire lui revienne.

Depuis, ma sœur, je pourris ici, mais c'est pour toi que je m'inquiète. Je te le répète, n'aie confiance en personne et fais attention à toi. »

Comme à chaque fois, je fis disparaître la lettre en la brûlant à ma chandelle. Mon frère m'a beaucoup appris, mais il joue un jeu risqué. Rien ne vaut le poison !

Il me faut maintenant faire bonne figure, j'ai à rendre visite à la reine qui ne m'a pas vue depuis de longs jours.

On lui a rapporté que mon état me permettait maintenant de reprendre mon service à ses côtés et elle me réclame afin que je lui prépare une pommade grasse qui lui évitera le dessèchement de ses mains qui craignent tant le froid de cet hiver rigoureux.

CHAPITRE 16

À mon arrivée dans les appartements de la reine, je suis surprise de la rencontrer en compagnie de Vauban.

Je m'incline devant ma maîtresse et son visiteur avec le profond respect que je leur dois et en dissimulant du mieux que je le peux mon inquiétude à me trouver de nouveau sous le regard inquisiteur de cet homme.

La reine ne semble guère affectée par l'absence à la Cour de son nouveau « chevalier servant », ainsi que ses demoiselles de compagnie ont sottement baptisé mon frère. A-t-elle même été tenue au courant de son arrestation ? J'en doute fort. Garder les femmes à l'écart des événements les plus importants et que l'on juge susceptibles de troubler leur humeur est une pratique répandue dans ce royaume. Mon frère a bien vite pris ce pli et ne m'informe en rien de ses agissements. Si seulement il savait !

Mon frère ! Je n'ai pas encore le cœur d'avouer à ma maîtresse ce que le chevalier L'Aristoloche représente pour moi, mais je compte bien le faire si la situation tourne trop mal pour lui, quoi qu'en puisse souffrir sa fierté de Catalan.

Pour l'heure, ma reine est d'excellente humeur. Je l'ai entendue rire avec Vauban juste avant mon entrée dans son salon.

— Venez, Agnès, vous m'avez manqué, me dit-elle en m'accueillant avec une gentillesse qui me touche. Nous espérons tous que vous ne nous donnerez plus de frayeur à propos de votre santé et je ne laisserai plus ce vilain monsieur de Vauban vous conter des horreurs qui vous chagrinent à ce point.

— Madame, sachez que je fus le premier marri des soucis que je créai à Agnès, mais hélas parfois les circonstances m'y obligent.

— Monsieur de Vauban, racontez-nous plutôt la dernière mésaventure de cette créature, jubile la reine, cette… cette putain, finit-elle par lâcher comme si ce mot lui brûlait la bouche.

— S'il sied à ma reine, ce sera avec le plus grand plaisir.

— Quel dommage que Molière ne soit pas là, il nous aurait si magnifiquement joué la scène.

— Molière est en pleine répétition, madame, ce qui lui prend jours et nuits, j'essaierai donc de le remplacer pour le mieux.

— Faites donc, mon ami, lui accorde la reine.

— J'étais donc avec le roi afin de discuter de problèmes concernant les travaux de monsieur Riquet sur le canal du Languedoc.

— Pas de détails de ce genre, se plaint ma maîtresse. Des faits !

— Lorsque madame de Montespan est arrivée en hurlant, obtempère Vauban.

— En hurlant comment ? insiste la reine avec gourmandise.

— Comme une… comme une… hésite Vauban qui ne sait s'il doit satisfaire sa reine au risque de mécontenter la favorite du roi, comme une possédée, finit-il par trancher. D'ailleurs, Sa Majesté s'est moquée et lui a demandé si elle avait croisé le diable ou si sa coiffeuse avait brûlé ses boucles.

— N'est-ce pas drôle, Agnès, voilà la troisième fois que l'on me relate l'affaire, et j'en ris encore. Mais attendez la suite, me conseille la reine en me pinçant le bras avec affection.

— « J'ai trouvé ça sur mon oreiller », dit-elle à Sa Majesté en lui tendant une chose que je n'arrivai tout d'abord pas à identifier. « Est-ce une grenouille séchée ? » s'enquit-il. « Non, Sire, c'est une racine de mandragore, on veut ma mort. »

La reine rit aux éclats et se tamponne les yeux d'un petit mouchoir en dentelle. Je commence pour ma part à trouver la situation beaucoup moins comique.

Vauban reprend :

— « Cela rime parfaitement », remarqua le roi en répétant : « C'est une racine de mandragore, on veut ma mort. »

— Molière eut été ravi de cette réflexion, approuve la reine.

— Certainement, madame, lui accorde Vauban. « N'avez-vous point laissé traîner quelques affaires après l'une de vos visites à ces dames peu recommandables de la place de Paris ? » l'a questionnée Sa Majesté.

— Enfin mon époux ouvre les yeux sur les turpitudes de cette traînée, commente la reine. Est-ce tout, monsieur de Vauban ?

— Non, bafouille celui-ci, il lui a également demandé si elle comptait lui préparer un nouveau philtre d'amour compte tenu du fait qu'il se sentait un peu affaibli.

– Passons sur ces détails, maugrée ma maîtresse. Parlez donc plutôt à Agnès de celle qui a caché cette plante du diable chez cette dame et qui a été malencontreusement prise la main dans le sac, ou je devrais dire plutôt sous le tablier, ajoute-t-elle d'un ton cynique qui ne manque de m'étonner.

– Bien volontiers, madame, si vous me l'autorisez. Mais, avant d'évoquer la main qui déposa cette racine, j'aimerais parler de celle qui la cueillit.

– Faites, mon ami.

Pourrai-je prétexter une nouvelle faiblesse pour m'échapper ? N'avait-il pas promis de ne plus me harceler ?

Vauban s'approche de moi, sa main plongée dans sa poche comme s'il y recherchait un objet enfoui bien profondément.

– Ne vous éloignez pas, Agnès, j'ai quelque chose à vous rendre. Ne vous l'aurait-on pas volée ? La reconnaissez-vous ? me crie-t-il soudain à la face en extirpant de sous son habit une chose immonde : la racine homme.

J'ai un geste de frayeur qui ne lui échappe pas.

– Ne niez pas, Agnès, ceci est à vous, plusieurs paires d'yeux vous ont observée le soir où vous avez arraché ces racines à la terre qui les avait nourries. À ce propos, vous nous fatiguez à nous traîner ainsi dans des endroits aussi insalubres et à des heures indues. Madame, vous devriez mieux surveiller vos demoiselles, ironise-t-il encore en se tournant vers la reine. Que vous ne dormiez pas, je l'accepte, mais ayez pitié de mes hommes. Et pensez à nous laisser un peu d'espace pour nous placer. C'est qu'il y a concurrence pour vous observer : les espions de votre maîtresse, les hommes de Louvois, les miens, des énergumènes dont je n'ai jamais compris le langage même lorsque j'étais en garnison aux pieds des Pyrénées. C'est que vous attirez du monde ! Mais vous nous avez gâtés. Vous savez bien, ne faites pas l'innocente voyons, toute la cérémonie, le grand cercle, le doigt mouillé levé au ciel. Il ne manquait que le chien noir. Votre complice Suzon n'avait peut-être pas pu s'en procurer ?

— Je reconnais avoir ramassé de la mandragore, j'en ai parfois besoin pour mes potions.

Je bafouille, troublée par l'ironie cinglante du seigneur de Vauban et surprise de constater combien je suis espionnée, surveillée, par tous !

— Monsieur Lémery lui-même l'a dit, c'est une drogue très efficace pour soulager les douleurs. Ayez pitié des hommes et des femmes qui s'échinent sur le chantier du château, ceux qui s'effondrent sous le poids de moellons qui font plus de trois fois leur poids et voient leurs membres brisés, ceux qui glissent des toits et se fracturent bras et jambes et pour lesquels j'use de cette drogue.

— Nous savons cela, Agnès, intervient la reine, et moi aussi j'ai pu profiter de vos connaissances en médecine.

— Quant à Suzon, ce n'est pas ma complice, je poursuis avec exaltation, elle ne m'a jamais aidée à ramasser cette plante. Elle aurait eu bien trop peur !

— C'est ce que nous verrons. Pour l'heure, elle a été découverte portant deux mandragores sous son tablier, dissimulées par son ventre qui s'arrondit. Madame de Montespan est furieuse et votre amie devra faire ses paquets et disparaître de sa vue au plus vite. Mais il est fort probable que nous lui trouvions rapidement un nouvel hébergement, bien que je doute qu'il lui siéra. Il se peut même que nonobstant son état, elle soit condamnée à la pendaison pour trafic de poisons.

— Suzon, non, ce n'est pas possible. Ce n'était qu'une plaisanterie, je bafouille. C'est moi qui l'ai incitée à se venger ainsi de madame de Montespan qui a été très cruelle envers elle.

— Vous tentez toujours de défendre votre amie, mademoiselle, intervient Vauban, mais vous avez tort. Est-ce vous aussi qui l'avez poussée à bourrer d'essence d'amandes amères les petits gâteaux dont sa gourmande maîtresse raffole, un vrai poison pour certains mais dont madame de Montespan semble, tout comme le roi Mithridate dont vous a parlé cet excellent monsieur Lémery, protégée depuis la tendre enfance ? Tout juste quelques malaises, des maux de ventre, des lourdeurs que l'on peut confondre avec ses innombrables grossesses. Quant à vous, ne trouvez-vous pas étrange par exemple de vous trouver chaque matin les intestins serrés comme si vous aviez mangé de la craie, la bouche pâteuse et l'esprit vague, à peine capable de vous rappeler des cauchemars qui ont hanté votre sommeil ?

— Il est vrai que je ne suis pas très bien en ce moment.

— Vous vous en êtes d'ailleurs plainte auprès des autres demoiselles d'honneur de la reine.

— Des sottes, qui ne devraient pas ainsi répéter mes secrets intimes. Et pourquoi une peine si lourde, il n'y a pas eu mort d'homme ?

— Si, Agnès. Mais vous aviez raison pour madame de Montespan, ce n'était qu'une mascarade, une plaisanterie douteuse à laquelle Suzon n'a pas pu s'empêcher de jouer mais qui ne pouvait en rien ébranler une si forte personne. Ce ne fut pas le cas de deux soldats, deux pauvres êtres bien crédules. Rappelez-vous, Agnès, c'est moi qui vous en ai parlé lorsque nous avons évoqué le père de Suzon et « *sa peur du démon qu'il partage avec le reste de sa petite troupe de dragons composée de pauvres têtes fêlées et bien crédules.* »

— Que voulez-vous dire ?

— Que nos deux ivrognes qui ont échappé aux escargots ont été rattrapés par la mandragore et ce de façon subtile. Imaginez : de même que madame de Montespan a hérité d'un cadeau « empoisonné » sur son oreiller, les deux hommes ont retrouvé dans leur paquetage une mandragore, la racine homme, affublée d'un petit morceau de ruban sang et or. Il ne leur a pas fallu beaucoup de temps pour comprendre. Leur esprit était déjà empoisonné par les disparitions brutales et tragiques de leurs camarades avec qui ils avaient partagé les mêmes rapines, les mêmes crimes. Le surgissement d'un personnage masqué, quelques menaces diaboliques proférées à leur encontre ont suffi. La mandragore est porteuse de mauvais sort, nos deux hommes le savent. Par terreur, plutôt que de croiser le diable de leur vivant, les soldats se sont défenestrés et tous vos soins ne pourront leur rendre la vie.

— C'était moi, je l'avoue, me mets-je à crier. Pour venger mes parents, mon petit Jordi.

— Non, Agnès, vous déliriez à ce moment-là, incapable de bouger, droguée par les herbes que Suzon avait fait infuser dans votre tisane, comme chaque soir, Suzon qui avait trop peur que vous parliez.

— C'est impossible, je l'aurais su.

— Mais vous le saviez, Agnès, gronde Vauban en me secouant par le bras.

— Tout doux mon ami, intervient la reine, Agnès est encore convalescente.

— Mais en mesure de comprendre que la situation est grave, rétorque Vauban. Vous aviez parfaitement reconnu les signes de l'empoisonnement au pavot : votre constipation, la langue pâteuse, le délire, mais vous ne vouliez rien dire. On a retrouvé un masque dans les affaires de Suzon, elle s'en serait servie pour effrayer ces deux pitoyables déchets.

— C'était moi, relâchez Suzon, elle ne connaissait même pas ces hommes, dis-je en me jetant aux pieds de la reine qui me regarde avec horreur.

— Mais si Agnès, rappelez-vous le dessin volé par son père. Ou plutôt par Suzon d'ailleurs, une petite fouineuse, voleuse et menteuse. D'incorrigibles défauts qui n'empêchaient pas que vous l'aimiez. Elle vous le rendait bien d'ailleurs.

— C'est ma faute. Je n'aurais pas dû lui parler de mon histoire, de la disparition tragique de mes parents et du petit Jordi massacré par des soldats du roi de France. C'était la seule à qui je pouvais me confier, mais cela l'a trop impressionnée. Je lui avais montré le dessin, j'avais compris, monsieur, qu'il représentait les assassins des miens. Ne me demandez pas qui l'a exécuté, ni pourquoi, je ne pourrais pas vous répondre, mais par la volonté de Dieu il est arrivé entre mes mains.

— Imaginez la surprise de Suzon lorsque vous lui avez montré pour la première fois, gronde Vauban impitoyable, de reconnaître sur ce parchemin le visage de son père, certes un peu plus jeune et moins flétri que celui qu'elle croise presque chaque jour, mais c'est assurément lui. Les autres hommes aussi, d'ailleurs, elle les reconnaît. Bien que son père ait quitté l'armée, il retrouve souvent ses anciens comparses dans d'infâmes tripots où sa fille doit venir le chercher lorsqu'il n'est plus en mesure de marcher droit et de retrouver seul son logis. Ce père, le connaissiez-vous ?

— Non, je ne l'avais jamais rencontré. Suzon le détestait, ça, je le sais, mais elle n'a rien dit lorsque je lui ai montré le dessin. J'étais à des lieues de m'imaginer cela.

— Suzon a eu alors une explication violente avec cet homme. Leurs cris ont dérangé le voisinage qui a appelé la police. Tout est consigné dans un dossier précieusement conservé par La Reynie. Il la traite « *de putain, de dévoyée* », elle l'accuse d'être « *un assassin, un monstre qui ne verra jamais ses petits-enfants* ».

— J'ignorais cette scène.

— Évidemment, Suzon ne voulait en aucun cas que vous fassiez le lien entre elle et son criminel géniteur au risque de perdre votre estime. Et votre amour, ma chère.

Vauban ne doit rien comprendre à ce genre de sentiment : ma Suzon n'est pas responsable des crimes de son père et jamais je ne pourrai lui en vouloir pour cela. Je lui jette un regard méprisant qui ne lui échappe pas.

— Tout doux, mademoiselle, ne vous méprenez pas. Il me serait facile de vous abandonner aux hommes de La Reynie, ne me considérez pas comme un ennemi, du moins tant que je n'ai pas fini mes explications.

— Ce sont des calomnies !

— Peut-être, il tient à vous de les éclaircir. J'en viens à l'histoire de Blaise. Il vous a donné rendez-vous au potager de La Quintinie, profitant d'une de vos visites sur le chantier de Versailles. Blaise est un être vil et violent, qui a séduit Suzon mais qui ne veut pas porter la responsabilité de l'enfant qu'elle attend. Il a apporté des herbes dont il connaît les vertus abortives et qu'il s'est procurées dans une de ces tristes officines qui pullulent dans Paris. Il veut vous convaincre de les préparer mais vous refusez d'en recommander l'usage à Suzon. Cela vous me l'avez déjà dit : « *La drogue serait trop dangereuse pour la mère.* » La discussion s'envenime, peut-être tente-t-il même de vous séduire, approchant ses sales pattes de votre corps. Il vous répugne, comme tous les hommes, vous le repoussez violemment et il s'effondre au milieu des cloches de votre ami La Quintinie.

– C'est pure supposition de votre part.

– Laissez-moi finir ! Vous prenez peur qu'il ne soit mort sous le choc, vous paniquez car les carrosses sont annoncés, vous laissez le jeune jardinier agoniser. Mais Blaise n'est qu'étourdi. Il se relève même, se traîne jusqu'à la fontaine où il se rince la figure. Toute la scène, votre dispute, la chute de Blaise et son passage au point d'eau, a été vue par d'autres jardiniers qui ont déposé leur témoignage sous la foi du serment. Ce sont des hommes à moi et j'ai parfaitement confiance en eux.

– Mais alors ?

– À ce même moment, plusieurs personnes dont moi-même notent votre présence auprès de la Cour. Suzon est occupée avec les chiens de madame de Montespan dont les pattes délicates détestent la boue glacée.

– Dans ces conditions…

– Notre vigilance auprès de Blaise a été levée. Grave erreur ! Le père de Suzon arrive à son tour, le potager de monsieur La Quintinie est décidément un lieu de rendez-vous fort prisé ! Sa cervelle d'ivrogne est confuse, la présence de ce dessin entre les mains d'une demoiselle d'honneur de la reine qu'il a reconnue comme une Catalane le trouble. Il se dispute aussi avec Blaise qui a séduit sa fille et ne veut pas réparer sa faute. Lui ne rate pas son coup : il achève le jeune homme. C'est là qu'une idée terrible lui vient en tête : vous faire accuser et se débarrasser par la même occasion d'un témoin gênant de son passé de monstre. Mais l'homme est un sot et n'a guère le temps : il prépare sa mise en scène, renverse une cloche en verre, glisse entre les doigts du moribond un de vos rubans qu'il a emprunté à sa fille et brûle les herbes trouvées dans sa poche. Suzon lui a moult fois parlé de vos connaissances dans les plantes, il pense là vous faire condamner.

– C'est ridicule !

– Pas tant que cela, Agnès, j'ai moi-même failli me faire prendre au piège. La suite nous la connaissons, l'homme se soûle une nouvelle fois et avoue tout.

– Donc je ne suis pour rien dans cette affaire.

– Quel soulagement, n'est-ce pas ! Mais l'histoire n'est pas finie. Avant que le rôle de son père soit éclairci, il s'en est passé des choses. Ce jour-là, Suzon sait que vous aviez rendez-vous avec son amant dont vous êtes profondément jalouse et que vous haïssez. Lorsqu'on découvre le corps sans vie, elle vous croit coupable. Rappelez-vous : « Agnès, que vais-je devenir ? Explique-moi ! Qu'as-tu fait ? » hurle-t-elle en s'accrochant à vos jupes. Elle panique à son tour, elle est votre complice, comme « séné et rhubarbe », les deux diaboliques. Elle se croit redevable de vous, son modèle, son idole, qui avez tant souffert et avez tué pour elle, du moins le croit-elle. Ce dessin qu'elle a eu entre les mains, qu'elle vous a volé malgré la confiance que vous lui témoigniez, mais nul n'empêchera une mauvaise graine de fauter, représente les hommes qui vous ont fait souffrir, les treize soldats responsables du massacre de votre famille. Elle les a reconnus, a tout compris avant vous-même, et le premier d'entre eux est son propre père qui vient d'être condamné. Elle s'occupera des autres pour vous venger. J'ai eu moi aussi le temps de fouiller dans les archives, de les identifier et de trouver le lien qui unit ces hommes.

– C'est impossible !

– Pour Suzon, il est trop tard, le mal est fait, le poison de la vengeance est instillé dans ses veines. Je vous l'ai dit : « Lorsqu'on a du sang une première fois sur les mains, il est très difficile de faire partir la tache. » Vous l'avez poussée au crime par amour pour vous.

– C'est faux.

– Auriez-vous une autre théorie pour expliquer les morts qui vont suivre ? L'aconit tout d'abord, c'est vous qui en connaissez les terribles effets toxiques, mais cette petite écervelée qui cache son jeu a bien profité de vos leçons. Elle vous en vole un morceau, l'enveloppe joliment et le fait miroiter sous les yeux des soldats qu'elle connaît, les amis de feu son père. Ces hommes-là ne sont pas insensibles aux formes rebondies et aux seins lourds de votre comparse.

– Non, non, c'était moi !

– On m'a relaté le jeu d'une charmante donzelle proposant cette plante aux vertus soi-disant excitantes et magiques. Tuer, vous savez, je n'en doute pas, séduire, ça, jamais. Croyez-moi, j'en ai de multiples preuves, tout dans votre comportement le crie. C'est d'ailleurs ce détail qui m'a mis sur la piste de votre charmante amie qui à votre grand dam aime un peu trop les hommes.

— Monsieur de Vauban, intervient la reine, je vous prie de mesurer vos propos en ma présence.

— Bien, madame, obtempère Vauban, mais je continue cependant l'interrogatoire de votre protégée. La machine infernale est lancée. La digitale : c'est chez madame de Montespan que la coquine s'en procure, elle l'essaye d'ailleurs sur un de ses petits chiens qui meurt dans ses bras.

— C'était du chocolat !

— Non, mademoiselle, monsieur Lémery a été interrogé à ce sujet.

— Monsieur Lémery ?

— Exactement, aurait-il quelque chose à nous cacher qui vous concerne ?

— Non, ce n'est pas ce que je voulais dire, réponds-je en rougissant.

— Monsieur Lémery a confirmé que le chocolat est dangereux pour les chiens, mais la mort brutale de celui de madame de Montespan lui fait croire en la présence d'un autre poison, la digitale par exemple. C'est encore vous qui, intentionnellement ou non, cela reste à découvrir pour moi, expliquez à votre amie qu'avant de préparer ce plat typique, les bêtes à cornes sont mises à jeûner afin qu'elles éliminent toute trace de plantes toxiques qu'elles auraient consommées sans en pâtir, comme cette fameuse digitale dont elles raffolent, puis sont nourries avec des plantes qui aromatiseront leurs chairs. C'est Suzon, qui traîne souvent dans les cuisines des soldats, qui souffle à l'oreille des marmitons que ces escargots-là, refusés à la table du roi, feraient le bonheur de certains soldats et leur remet de la digitale de votre part. Les cuisiniers vous connaissent bien et apprécient vos herbes qui agrémentent à merveille leurs plats. Alors pourquoi pas celle-ci pour nourrir les escargots, leurs connaissances en la matière sont très limitées. D'ordinaire, ils feraient peu de cas des plats destinés aux simples soldats, mais ce mets a été recommandé par le chevalier L'Aristoloche, un protégé de la reine. N'est-ce pas, madame ? dit-il en s'adressant à ma maîtresse dans un grand salut auquel elle répond d'un hochement de tête affirmatif. Le chevalier a d'ailleurs été arrêté dans un premier temps. Il ne reconnaît rien de ces crimes et bien vite les soupçons qui portaient sur lui sont levés en particulier grâce à mon enquête auprès des marmitons, se vante Vauban. Le chevalier est en effet mon ami.

— À ce propos, intervient la reine, est-il enfin libéré ? J'ai été fort marrie d'apprendre si tardivement son arrestation et je suis intervenue pas plus tard qu'hier auprès de Louis afin qu'il hâte les choses.

— Cela ne saurait tarder, madame, hésite Vauban.

Quel hypocrite ! Quel vil menteur ! Aurait-il oublié la petite et la grande question et les supplices que mon frère a subis ? Et le chantage du roi, l'aurait-il également sorti de sa mémoire ?

— À partir de ce moment-là, je commence à m'embrouiller, reprend Vauban. Lorsque vous apprenez l'empoisonnement des soldats, Agnès, vous vous précipitez en cuisine. On vous rapporte la visite de Suzon. Dans un premier temps, vous n'y croyez pas. Je comprends votre étonnement. Vous insistez. On confirme. Et là, chose curieuse, vous prononcez cette phrase énigmatique pour moi : « Je craignais que cela soit un autre. Il faut que je le prévienne. »

— Qui vous a raconté cela ?

— Le jeune marmiton en charge de la préparation

des sauces, il est toujours bon d'avoir des yeux et des oreilles dans une cuisine, il s'y passe tellement de choses ! Je décide de ne pas faire arrêter Suzon, n'ayant pas encore compris le lien entre des feuilles séchées données en pâture à des escargots et un plat empoisonné. Mais ceci est un détail car subsiste une importante question : qui est cet autre ?

— Je ne peux le dire.

— Comme vous le souhaitez, Agnès, mais vous n'arrangez ni votre cas ni celui de votre amie. Car cela signifie deux choses pour moi, la première est qu'au moins pour ce crime vous n'étiez pas au courant des faits et gestes de Suzon, la deuxième est qu'un autre comparse aurait pu agir à sa place. Quel est « cet autre » qui a lui aussi un excellent motif de chercher à tuer ces soldats ?

Je me tais obstinément.

— Bien ! Comme il vous plaira. Je reprends le cours de mon histoire, si je ne vous lasse point trop, madame, s'enquiert Vauban auprès de la reine, en esquissant une révérence que celle-ci arrête d'un signe de la main. Lorsque vous découvrez les agissements de Suzon, que faites-vous alors ? Essayez-vous de raisonner votre amie pour qu'elle cesse ses crimes ? Sa maladresse risquerait-elle de compromettre votre autre comparse ? Au contraire, la conseillez-vous et lui distillez-vous de précieux conseils pour qu'elle accomplisse le vilain travail à votre place et à celle du mystérieux inconnu dont vous ne souhaitez en aucun cas qu'il soit inquiété ?

— Arrêtez, je vous en supplie, monsieur, ne parlez pas ainsi.

— Votre choix a été aisé car Suzon a pris goût à ce vice-là également. D'aucuns diraient qu'elle veut mener à bien sa tâche, racheter sa faute et celle de son père. Redoutant vos scrupules, elle préfère vous droguer pour pouvoir continuer ses malversations.

– Vous ne pouvez pas dire cela.

– C'est vrai, « malversations » le terme est un peu léger, j'en conviens. Est-ce sur ce terme que vous vous opposez à moi ? J'en doute ! Vous ne voulez donc toujours pas dire qui est celui que vous cherchez à protéger ?

Mon silence et quelques larmes que je refoule avec peine sont la seule réponse que j'accorde au seigneur de Vauban.

– Soit ! finit-il par proférer avec humeur. Mais il me manque également un autre élément, reprend-il. Le treizième homme sur le dessin. Pouvez-vous m'aider au moins sur ce point ?

– Je ne sais où il est.

– Là, je suis d'accord avec vous, vous ne pouvez savoir où il demeure puisqu'il est déjà mort. À ce propos, le garçon qui a exécuté ce dessin dans une taverne enfumée a parlé. À votre tour, serez-vous maintenant un peu plus loquace ?

Vauban me regarde sans complaisance et tourne autour de ma chaise comme un vautour qui va s'abattre sur sa proie.

La reine se lève alors et s'approche de nous.

– Je ne sais de qui vous causez, monsieur de Vauban, mais j'aimerais que vous laissiez maintenant cette pauvre enfant. Si j'ai bien compris votre discours, elle n'est en rien coupable.

– En rien coupable, je ne peux approuver ces termes, disons seulement qu'elle n'a pas de sang sur les mains, de plus elle protège des assassins et j'ai besoin de savoir.

— Finissons-en, insiste ma maîtresse, que vous a dit ce peintre ?

— Pas grand-chose à vrai dire, le bougre. Par exemple, pas un mot sur le commanditaire de ces portraits, à croire qu'il serait allé de son propre chef dessiner ces hommes. Je vous vois rassérénée, Agnès, pourtant ce qui va suivre ne sera pas pour vous rassurer. C'est un détail fort amusant. Imaginez qu'il n'était encore qu'un tout jeune garçon lorsqu'il exécuta ce dessin. Impossible donc pour ce fils de bonne famille de rester longtemps dans une taverne malfamée pour exécuter cette œuvre. Il n'y entre donc que quelques instants et finit sa reproduction de tête. Véritable chef-d'œuvre, vous en conviendrez, madame, dit-il en s'adressant à la reine avec affabilité, lorsque vous la découvrirez. Mais au moment de dessiner le treizième homme, notre ami a un trou de mémoire. Il est incapable de se souvenir des traits de ce personnage, un être falot et anodin, passe-partout, un de ceux que je choisis pour espions tant on ne les remarque pas.

— L'homme en bleu, murmuré-je sans vraiment savoir pourquoi.

— Ce genre de personnages, qui sont là ou ailleurs, à rôder autour de vous ou sur les grands chemins, poursuit Vauban qui n'a pas entendu ma remarque. Comment en être sûr ? Alors il dessine son oncle, marchand d'épices à Perpignan, un brave homme aujourd'hui décédé. Le treizième homme du tableau, certes, mais pas de la scène de l'époque. Alors je le répète, Agnès, qui protégez-vous ? Si vous ne le dites pas, vous serez exécutée au même titre que votre amie, votre complice.

— Je ne peux rien dire.

— En vous taisant, vous condamnez assurément

votre Suzon et aussi celui que vous protégez. Si ce n'est pas par la justice du roi qu'ils paieront, cela sera par la main du treizième homme.

– Qu'insinuez-vous ?

– Seriez-vous soudain un peu plus bavarde ? J'insinue que l'histoire du dessin et de ceux qui y sont représentés, des ivrognes qui tombent comme des mouches les uns après les autres, est maintenant connue de toute la troupe. Elle a dû arriver sans aucun doute jusqu'aux oreilles du treizième homme. Mais lui ne sait pas que nous ne pouvons pas le reconnaître. Donc il se terre, il a peur, mais qui dit que cet homme falot ne s'est pas déguisé et qu'il ne se prépare pas déjà à attaquer pour éviter d'être condamné à son tour. Qui cherche-t-il ? Le jeune peintre ? Nous le protégeons, en refusant de donner son nom vous nous avez fait perdre beaucoup de temps, mais voilà chose faite. Suzon, qui sans vergogne aime à parler à tous et à accepter des cadeaux ? Un être si adorable mais si influençable. Vous-même ? Vous êtes sous ma protection et je l'espère efficace. Mais le troisième comparse, où est-il ? Vous le condamnez en ne m'indiquant pas son nom, dit-il en se dressant devant moi, menaçant.

– Assez ! s'exclame la reine, calmez-vous, monsieur de Vauban.

J'ai presque envie de rire et de lui crier à la figure : « Mais, monsieur de Vauban, le troisième comparse, ainsi que vous le nommez, est bien au chaud dans votre prison de la Bastille. Il ne sait rien, ne me fait plus confiance et se contente d'envoyer des hommes à lui pour me surveiller ou me glisser des lettres sur ma coiffeuse. »

Des hommes pour me surveiller ! J'ai soudain

comme un étourdissement. Un cauchemar qui ressurgit. L'homme en bleu ! Un homme falot que je ne reconnais qu'à la couleur de ses vêtements, mais qui pourrait être n'importe où, ici ou chez…

— Suzon, m'écrié-je, vous avez raison, elle est menacée et il faut la protéger. L'homme en bleu, celui qui rôde, que j'ai cru voir lever un poignard vers moi, peut-être n'était-ce pas un cauchemar ? C'est lui le treizième homme. Croyez-en mon pressentiment. Monsieur de Vauban, je vous en supplie, courez chez madame de Montespan, vous y retrouverez Suzon. Vous avez raison, elle est trop aimable avec chacun, j'ai peur pour elle.

— J'imagine, vous l'aimez tellement, ironise cruellement le seigneur de Vauban. Mais je ne bougerai pas d'ici tant que vous ne m'aurez pas donné l'autre nom. Celui qui m'intéresse.

Suzon, ma Suzon, j'ai peur pour toi.

Mes mains sont pleines de sang, celui des blessures que m'ont causées les pierres sur lesquelles j'ai roulé en courant vers la rivière. J'entends les cris de ma mère, le rire de ton père et la voix de mon frère en écho : « J'ai besoin de temps et surtout de garder une monnaie d'échange. Le seigneur Le Prestre de Vauban ignore le lien de parenté qui nous unit. Il est préférable qu'il en soit toujours ainsi, sauf en cas d'extrême nécessité et alors là, ma sœur, n'hésite pas : toi pour moi, moi pour toi et nous deux pour les nôtres. »

Suzon, je viens de comprendre, je vais te sauver !

Qu'ai-je été sotte de douter de toi mon frère !

— Courrez-vous chez Suzon pour la protéger si je donne le nom ?

— J'enverrai immédiatement deux hommes qui ne la quitteront pas des yeux. Vous en avez ma parole.

Je regarde tour à tour la reine et le seigneur de Vauban, me croiront-ils maintenant ?

– C'est mon frère.

– Votre frère, s'esclaffe Vauban. Et qui est votre frère ?

– Le chevalier L'Aristoloche.

– *Madre de Dios*, s'écrie la reine en perdant connaissance.

– Décidément, maugrée Vauban, l'évocation de ce nom fait toujours beaucoup d'effet à ces dames.

CHAPITRE 17

Mai 1673, quai de la Fosse à Nantes.

Qu'ont-ils négocié ? Quelle a été la monnaie d'échange pour rattraper deux pauvres folles, une fille à soldats et une sorcière, deux diaboliques criminelles ?

Mon frère, comme à son habitude, ne m'en a presque rien dit. J'en ai pris mon parti et ne peux lui en vouloir.

Jusqu'au bout, c'est lui que j'ai voulu sauver. Ne suis-je pas montée à la Cour du roi de France, me mettre au service de la reine, endurer les moqueries des autres demoiselles d'honneur et le regard des hommes qui n'ont aucun respect pour les pauvres filles comme moi, rien que pour endosser ses crimes ? Pouvais-je seulement imaginer qu'il reviendrait tout autre de son lointain exil.

C'est vrai, j'ai eu des amis ici.

Suzon tout d'abord, que j'ai entraînée dans ma folie. Pauvre Suzon !

Molière, mon cher Molière, que j'ai eu la grande tristesse de perdre ce 17 février alors qu'il donnait la quatrième représentation de sa nouvelle pièce, *Le Malade imaginaire*, une œuvre sur laquelle nous avions tellement discuté ensemble.

Combien de fois m'a-t-il consolée, ayant deviné, avec sa sensibilité d'artiste, ma grande détresse ; combien de fois ai-je à mon tour essayé d'atténuer ses malheurs, la disparition d'êtres chers, la perte si injustifiée des faveurs du roi et de la Cour ? Quelle honte ! Mon ami Molière a été pris d'une convulsion en pleine représentation et aucun Diafoirus n'est parvenu à le sauver. Il est mort chez lui, rue de Richelieu, sans avoir abjuré la profession de comédien considérée comme immorale par l'Église. Le roi est quand même intervenu en sa faveur pour qu'il soit enterré au cimetière Saint-Joseph. Il a été inhumé de nuit mais le cortège a été suivi par une grande foule d'admirateurs, m'a-t-on rapporté car moi, je n'ai pu m'y joindre, emprisonnée dans les geôles de la Bastille à y découvrir le goût du pain rassis et de l'eau croupie.

La Quintinie ne m'a pas oubliée. Il m'a fait porter les premières cerises de ses vergers et des fraises. Suzon et moi, nous nous sommes régalées.

Je sais que Lémery a intercédé en ma faveur, faisant de grandes démonstrations pour essayer de prouver notre innocence. Que ce brillant huguenot ne perde pas son temps et qu'il ne gaspille pas ses bonnes faveurs auprès du roi pour défendre une bruche, cela risquerait de lui nuire très gravement !

La reine m'a offert tout un trousseau pour mon nouveau départ. J'ai beaucoup apprécié son geste mais depuis que j'ai quitté mes robes de soie je ne porte que ma robe noire de deuil agrémentée d'un ruban « sang et or ».

Et Vauban ? C'est lui qui nous a apporté, à Suzon

et à moi, le billet signé de la main même du roi pour notre libération sous caution.

Mon frère l'accompagnait. Je suis tombée dans ses bras et nous nous sommes serrés l'un contre l'autre pendant de longues minutes.

Vauban ricanait en me découvrant soudain aussi peu farouche. Ne sait-il pas que depuis la disparition des assassins des miens les taches de sang qui souillaient la paume de mes mains ont disparu et que je n'ai plus aussi peur du contact des hommes ? Le chemin qui me reste à parcourir pour supporter leurs caresses est encore long mais j'ai déjà fait les premiers pas et ne compte pas en rester là.

Suzon leur a présenté son nouveau-né, un beau garçon qu'elle a prénommé Jordi. À l'évocation de ce prénom, j'ai vu mon frère tressaillir et essuyer une larme. L'enfant est vigoureux maintenant mais Suzon manque de lait et le nourrisson braille beaucoup.

Sa délivrance a été délicate et douloureuse. Mon funeste pressentiment s'est avéré exact. Lorsque les deux hommes envoyés par Vauban sont arrivés auprès de Suzon, celle-ci agonisait déjà. Grâce à Dieu, ils ont pu desserrer à temps le cordon qui serrait sa gorge et la ramener à la vie.

L'homme en bleu était bien le treizième homme. Il a été arrêté dans les heures qui suivirent alors qu'il se soûlait dans un tripot de la rue au Pain dans le village de Saint-Germain-en-Laye, à quelques pas du château. Il ne portait pas son fameux costume indigo avec lequel je l'avais repéré dans notre entourage mais une redingote marron aussi passe-partout que son aspect.

Vauban avait eu raison, les disparitions brutales de ses anciens compagnons de rapine et pillage étaient arrivées jusqu'à ses oreilles et l'homme était sur ses gardes. Il cherchait par tous les moyens à faire disparaître les témoins qui auraient pu soit le faire condamner par la justice du roi, car le scandale avait maintenant éclaté à la Cour et Sa Majesté ne pouvait plus couvrir impunément les forfaitures de ses troupes, soit le soumettre à leur propre justice, aussi impitoyable que celle qui avait frappé ses comparses.

Les hommes de La Reynie surveillaient également cet homme, débauché et paillard, et il leur fut facile de le cueillir et de le faire avouer car sa sortie précipitée des communs du château de Saint-Germain où il venait de tenter d'assassiner ma pauvre amie n'était pas passée inaperçue.

J'espère qu'il sera condamné et pendu haut et court pour tous ses crimes et ma conscience sera enfin libérée.

C'est donc dans un état pitoyable que Suzon a été transportée à la prison de la Bastille où elle m'a rejointe. Toutes mes herbes, mes potions et mes onguents m'avaient été supprimés et je souffrais trop de ne pas pouvoir l'aider.

Mon frère m'a rapporté que le roi, qui hait les empoisonneuses, ne décolérait pas contre nous deux, même si les soldats qui avaient trouvé la mort n'étaient que de fieffés misérables, comme il se plaisait à le répéter à qui voulait l'entendre.

Suzon n'a tenu que peu de temps dans cet état-là et c'est quelques semaines avant terme que les contractions de sa matrice sont devenues si violentes qu'il a fallu aider à la délivrance. L'enfant est né, un peu chétif mais vivant et viable.

Il hurle encore maintenant car il a faim. J'ai peur que ses pleurs n'irritent mon frère. J'ai dans ma musette des feuilles séchées de lilas d'Espagne, dès que je pourrai me poser je lui préparerai un peu de tisane qui devrait aider Suzon à avoir du lait.

La brise qui remonte le long de la Loire est tiède et humide. Ce matin, un petit crachin bouchait l'horizon mais le soleil apparaît maintenant et avec lui tout semble plus beau.

Le voilier qui doit nous conduire aux Amériques nous attend à quelques encablures. C'est celui d'un armateur qui va chercher sa cargaison de bois d'ébène dans les îles, des esclaves noirs qu'il revendra aux riches planteurs américains.

Mon frère répugne à ce commerce mais nous n'avons pas eu le choix et devons nous estimer heureux de nous retrouver ainsi, tous les quatre maintenant, sur ce quai de Nantes à attendre un bateau qui nous mènera vers notre nouvel exil.

Vauban qui nous a accompagnés jusque sur le quai de la Fosse, me glisse quelques mots à l'oreille.

— La défense de votre frère fut rude. Le roi voulait avoir mon avis sur lui. Est-il fiable ? Pour qui travaille-t-il ? Pour le roi d'Espagne ? Est-ce un mercenaire à son propre compte ? À combien pouvons-nous l'acheter ? Pouvons-nous le convaincre de travailler pour nous ? Et la poudre ? Nous dira-t-il son secret ?

La poudre de kina-kina ! Comme mon frère avait été rusé ! Mais lui non plus n'a pas retrouvé l'arbre mystérieux, il me l'a avoué.

— J'ai soutenu votre frère car j'apprécie sa droiture et sa volonté, tout comme moi, de soulager les misères des hommes. Savez-vous ce qu'il a obtenu du roi en plus de votre libération et sous réserve que vous partiez tous dans nos nouvelles colonies ? Que cette poudre, si jamais il retrouve l'arbre des Indiens, le roi la fasse distribuer à ses gens, ceux qui souffrent et que les fièvres harcèlent. Que le roi donne l'exemple pour faire taire ses médecins incapables. Il lui a même demandé, ajoute Vauban en riant, qu'il fasse fondre son argenterie, arme des bateaux et finance des expéditions qui partiront vers le Nouveau Monde avec à leur bord des savants, des scientifiques et des botanistes. « Laissez-leur un peu de temps, ils vous ramèneront des trésors », a-t-il ajouté pour appâter le roi. « De l'or ? » a demandé Sa Majesté. « Non, Sire, des plantes, de nouvelles drogues qui soulageront votre peuple. » Je crains que cette demande-là ne soit un peu trop ambitieuse, soupire Vauban, mais je vous souhaite bon voyage, Agnès, veillez sur votre frère et revenez vite.

La barque qui doit nous mener au navire s'approche maintenant. Estéban aide Suzon à porter son enfant à bord et s'y glisse à son tour. Deux matelots font passer nos bagages dans la fragile embarcation. Je grimpe enfin.

Adieu, la France, nous reviendrons.

ANNEXES

LA RÉVOLTE DES ANGELETS

Le 7 novembre 1659, le traité des Pyrénées, négocié par le cardinal Mazarin, est signé sur une île au milieu de la rivière Bidassoa, à la frontière franco-espagnole. La France gagne l'Artois (Nord) ainsi que de nombreux territoires aux pieds des Pyrénées catalanes. Mazarin obtient la main de la fille du roi Philippe IV d'Espagne, l'infante Marie-Thérèse, qui abandonne ses droits sur le trône d'Espagne en échange d'une dot de 500 000 écus d'or.

Le 31 mai 1660, Hugues de Lionne, au nom du roi de France, et Louis de Haro, au nom du roi d'Espagne, ratifient l'article 42 du traité des Pyrénées qui intègre définitivement le Vallespir au Roussillon, nouvelle province française, et Prats-de-Mollo devient la ville frontière.

En 1662, la gabelle, l'impôt sur le sel dont les Catalans avaient été exemptés par les Corts espagnoles depuis la fin du XIIIe siècle, est imposée aux habitants des vallées nouvellement annexées. Afin d'échapper à cette taxe, la contrebande avec le royaume d'Espagne se développe, très vite réprimée par les gabelous, les envoyés du fisc du roi.

En 1663, le Vallespir se soulève contre cet impôt et des gabelous sont massacrés. Ce soulèvement est réprimé par un Catalan renégat, Sagarra. De nombreux hommes sont exécutés ou envoyés aux galères.

En 1667, les gabelous trouvent chez Josep de la

Trinxeria, un paraire de Prats-de-Mollo, une grande quantité de sel et le condamnent à une forte amende. Celui-ci prend alors les armes et la tête d'une armée baptisée « Les Angelets de la Terra », soutenue par toute la population locale. L'armée française est battue à Arles-sur-Tech, et en 1668, Pierre-Paul Riquet négocie une baisse de la taxe avec les révoltés.

En 1670, pour obtenir la libération d'un contrebandier, Josep de la Trinxeria enlève la femme et les enfants du gouverneur après une entrée en force dans Prats-de-Mollo où réside ce dernier. Celui-ci cède, libère les prisonniers et s'enfuit en Espagne pour éviter d'être destitué. Les coups de main se répètent ce qui finit par inquiéter le roi de France qui envoie monsieur de Chamilly et 5 000 hommes. Les troupes de Josep de la Trinxeria sont défaites au col de Régina et le 4 mai, les troupes royales pénètrent sans combattre dans Prats-de-Mollo. La ville est condamnée à payer plus de 5 000 livres, perdre ses privilèges et faire détruire la maison de Josep de la Trinxeria, réfugié en Espagne où il a rejoint la troupe des Miquelets au service du vice-roi de Catalogne. La répression qui s'ensuit est terrible.

LA FÊTE DE L'OURS

La fête de l'Ours, *dia de l'os*, est une des plus anciennes fêtes païennes animistes célébrées en Europe pour annoncer la fin de l'hiver et ce tout particulièrement dans les Pyrénées où l'ours est un animal à la fois sacré et craint.

Prats-de-Mollo, petit village du Vallespir (Pyrénées-Orientales), est réputé pour son carnaval qui honore l'ours et se déroule traditionnellement le 2 février[36], jour de la Chandeleur. Ce jour-là, tout le village est en fête et respecte un cérémonial identique depuis des siècles. Chacun y a son rôle, mais seuls quelques hommes ont le privilège de revêtir une peau de mouton et de se mâchurer le visage, les mains et les bras à l'aide d'un mélange de suie, d'huile et de vin.

Les « ours » descendent de la ville haute, poursuivis par les « chasseurs » et barbouillant au passage le visage de tous les badauds qu'ils croisent et qu'ils font semblant de menacer. Au pied des vieux remparts du village, sur la place du *foiral*, les « barbiers », la figure recouverte de farine, attendent l'ours pour l'enchaîner et le raser. Cette course à l'ours s'achève par des danses traditionnelles.

---

[36] En pratique, cette fête qui a toujours lieu dans le village de Prats, s'adapte maintenant au calendrier scolaire.

LES PLANTES ET LOUIS XIV

Louis XIV, dont le règne est particulièrement long (72 ans), souffre de nombreuses pathologies tout au long de sa vie.

Ses médecins basent leurs diagnostics sur les humeurs : le sang, la bile jaune, le phlegme (pus) et l'atrabile ou bile noire. Selon eux, les maladies sont liées à l'excès ou à la contamination de l'une de ces humeurs qu'il faut donc éliminer par un moyen ou un autre. Ainsi, les médecins pratiquent des saignées, des lavements à l'aide de clystères, des purges et font même vomir leurs patients à l'aide d'émétiques. Pour les purges et les lavements du roi, qui possède un solide appétit et a parfois une digestion difficile, ils préconisent des plantes laxatives dont l'écorce de bourdaine (*Rhamnus frangula*, famille des Rhamnacées), la racine de jalap (*Ipomea purga*, famille des Convolvulacées), les folioles et les gousses de séné (*Cassia angustifolia*, famille des Fabacées) et les rhizomes de rhubarbe (*Rheum officinale*, famille des Polygonacées). La graine de ricin (*Ricinus communis*, famille des Euphorbiacées) est également réputée pour ses propriétés purgatives mais est très toxique.

Cependant, Louis XIV, qui n'aime pas les médecins, se soigne parfois lui-même et travaille sur d'étranges potions à base de plantes dans son petit laboratoire secret, son apothicairerie. Il y concocte des boissons digestives après macération dans du vin d'Espagne de graines de coriandre (*Coriandrum sativum*, famille des Apiacées) et d'aneth (*Anethum graveolens*, famille des Apiacées), et d'écorces de canelle (*Cinnamomum zeylanicum*, famille des Lauracées), le tout mélangé à du sirop de canne. Et s'il souhaite échapper à ses soucis et profiter d'un sommeil paisible et détendu, il n'hésite pas à préparer une décoction de racines de valériane, (*Valeriana officinalis*, famille des Valérianacées).

Mais c'est surtout de fièvres, tierces ou quartes selon qu'elles se répètent tous les trois ou les quatre jours, dont le roi souffre pendant toute sa vie. Ces accès de fièvre touchent toute la Cour, y compris le jeune dauphin, et se propagent à Versailles et dans ses environs en raison de nombreux marécages insalubres. Des décoctions d'écorce de saule blanc (*Salix alba*, famille des Salicacées) ou des infusions de fleurs de reine-des-prés (*Spirae ulmaria*, famille des Rosacées), qui renferment de l'acide salicylique à partir duquel on synthétisera l'aspirine des siècles plus tard, ne parviennent pas à soulager ces maux. Seule la poudre de quinquina, extraite des écorces du quinquina rouge (*Cinchona succirubra*, famille des Rubiacées), grand arbre originaire d'Amérique du Sud, est efficace. Elle renferme effectivement des alcaloïdes telle la quinine, dont l'efficacité sera démontrée par la suite comme antipaludique. Daquin, médecin du roi, est défavorable à son emploi, mais ce sont les travaux de l'Anglais Sydenham qui permettent de développer son usage dans les cours européennes. Pendant longtemps, on ignora la provenance exacte de ces écorces, le secret étant détenu par les Indiens, et ce n'est qu'au XVIIIe siècle, que La Condamine et Jussieu découvriront les premiers arbres au cours d'une expédition menée au Pérou. La quinine sera isolée en 1820 par Pelletier et Caventou.

Enfin, deux plantes ont un usage quasiment réservé aux femmes, celles de la Cour et du petit peuple : le galéga (*Galega officinalis*, famille des Fabacées) dont les sommités fleuries sont réputées favoriser la montée de lait chez les femmes allaitantes, et la rue fétide (*Ruta graveolens*, famille des Rutacées), très toxique, utilisée, malgré l'interdiction formelle de l'Église, pour ses propriétés abortives. La plante dégage une odeur très désagréable, d'où son nom.

Mais le règne de Louis XIV est surtout secoué par « l'affaire des poisons ». La frontière entre plantes à poisons et plantes médicamenteuses est en effet parfois difficile à cerner. Ainsi, la mandragore (*Mandragora officinarum*, famille des Solanacées) est considérée comme une plante magique prisée par les sorciers car sa racine a une forme humaine. Elle est très toxique et renferme des alcaloïdes à propriétés hallucinogènes, entraînant délire, troubles de la mémoire, hallucinations et mydriase. Dans la même famille et renfermant les mêmes alcaloïdes, la jusquiame (*Hyosciamus niger*) et la belladone (*Atropa belladona*) sont utilisées par les chirurgiens pour leurs propriétés hallucinogènes. Pour soulager les douleurs, on connaît également le pavot (*Papaver somniferum*, famille des Papavéracées), un des nombreux éléments de la thériaque de Venise, et c'est encore à Sydenham que l'on doit le laudanum, une liqueur à base d'opium (pavot), de safran (*Crocus sativus*, famille des Iridacées), d'essence de cannelle et de girofle (*Eugenia caryophyllata*, famille des Myrtacées), un puissant sédatif très utilisé pendant des siècles.

Il faut citer la digitale (*Digitalis purpurea*, famille des Scrofulariacées) dont les feuilles sont préconisées pour les maladies du cœur et qui, à forte dose, est un poison mortel.

Dans le parc du roi, on peut également croiser un arbre très prisé par ses jardiniers qui le taillent en topiaire, l'if (*Taxus baccata*, famille des Taxacées), dont on ne soupçonne pas encore les propriétés anticancéreuses mais dont la toxicité est connue depuis nos ancêtres les Gaulois ; et aussi le laurier-cerise (*Prunus Lauro-cerasus*, famille des Rosacées) dont les feuilles fraîches renferment un principe qui se dédouble en acide cyanhydrique (toxique) et en aldéhyde benzoïque (essence d'amandes amères). À ne pas confondre avec le laurier-sauce, (*Laurus nobilis*, famille des Lauracées), utilisé par les cuisiniers pour leurs fonds de sauce ! En revanche, ce n'est pas dans le parc du château de Versailles, mais dans les montagnes, que l'on pourrait trouver de l'aconit (*Aconitum napellus*, famille des Renonculacées), dont le rhizome qui est parfois confondu avec le navet entraîne le rapide décès du malheureux goûteur.

Pour dissimuler tous ces miasmes et pour masquer les mauvaises odeurs, car on se lave peu à Versailles, des parfums, préparés à partir d'alcool et d'extraits de plantes aromatiques de la famille des Lamiacées, sont à l'honneur à la Cour du roi de France. Ils possèdent également des propriétés antiseptiques fort intéressantes. On retrouve ainsi le basilic (*Ocimum basilicum*), l'hysope (*Hyssopus officinalis*), la lavande (*Lavandula vera*), la mélisse (*Melissa officinalis*), la menthe poivrée (*Mentha piperita*), le romarin (*Rosmarinus officinalis*) et le thym (*Thymus vulgaris*).

Dans les cuisines, c'est parfois pour cacher le manque de fraîcheur et pour relever le goût des mets qu'ils mitonnent, que les cuisiniers usent des épices venues d'Afrique et d'Orient : les pistils de safran ou le rhizome de gingembre (*Zingiber officinalis*, famille des Zingibéracées) à la saveur chaude et brûlante.

Mais tout ceci ne serait rien sans le faste des couleurs, tellement appréciées à la Cour du roi de France : rouge de carthame (*Carthamus tinctorius*, famille des Composées) pour les poudres aux joues des femmes, bleu extrait des feuilles du pastel (*Isatis tinctoria*, famille des Brassicacées) et rouge des racines de garance (*Rubia tinctorum*, famille des Rubiacées), la culture de ces deux dernières plantes étant fortement encouragée par le ministre des Finances et des Manufactures, Colbert, qui y voit là d'intéressantes sources de revenus pour la couronne.

La plupart de ces plantes sont encore utilisées de nos jours, en parfumerie et en cuisine. En médecine, l'usage des simples a disparu mais les médicaments majeurs du XXe et peut-être du XXIe siècle ont une proche parenté avec les extraits de plantes dont on a montré l'efficacité ou la toxicité au cours des siècles précédents.

LA FRANCE SOUS LOUIS XIV

Annexions sous Louis XIV

272 296

Reproduit et achevé d'imprimer en août 2011
par Papergraf (Italie),
pour le compte de Gulf Stream Éditeur,
Impasse du Forgeron - CP 910, 44806 Saint-Herblain cedex
www.gulfstream.fr
Dépôt légal 1re édition : septembre 2011